新潮文庫

港町食堂

奥田英朗著

新潮社版

8420

目次

港町食堂

第一便　美人ママに叱《しか》られたい

高知・土佐清水篇

「いい人は家にいる」

関東地方に春一番が吹いた夜、船で高知まで行こうという酔狂な四人組が、川崎港にタクシーで向かっていたのである。

「徒歩で乗船ですか？」新人編集者・タロウ君が問い合わせると、客船ターミナルの係員は電話口で訝《いぶか》るような声を発したという。

大型フェリー「パシフィックエキスプレス」の利用者は、ほとんどすべてが自動車込みの客である。通常、車でない人は飛行機に乗る。一時間と少しで着くし、格安航空券が飛び交う昨今では、旅費もたいして変わらないからだ。

船だと、十六時間かかる。しかも今宵《こよい》、沖合には高波注意報が出ている。

わたしが係員でも耳を疑っただろう。マニアの方ですか？　そんな質問をしたかもしれない。

「奥田さんに港町を探索してもらって紀行文を書いていただきたいんですよ。それで、港には毎回船で入りたいんです」

三ヶ月ほど前、天王洲《てんのうず》のカフェでわたしにこう切り出したのは雑誌『旅』のユカ編集長である。

へえー、面白そうですね。わたしは表面上、素っ気なく答えた。

それがいつの間にか了解したことになっており、気がついたら日程が組まれていたのである。

まあ、よくある話ではある。わたしはそうやってあちこちに連行され、否応《いやおう》なく執筆の約束をさせられている。きっと誘ってもらいたいのだ。そういう顔をしているのだ。

旅はいい。感じる風がいつもとちがう。目にする景色がすべて新しい。誰も自分を知らない。つかの間、退屈な日常から解放される。

不精者ほど、漂泊の思いが強いのをご存知か。わたしがそうである。知らない土地の話を読むのが大好きだ。地図を眺めていて退屈しない。窓から見える遠い空に思いをはせている。居間のソファでごろごろしながら。

その一方で、わたしは人ごみを憎んでいる。行列と渋滞を見下している。座右の銘は「いい人は家にいる」だ。そう言って、日々強がっている。旅に憧《あこが》れつつ、あれこれ理屈をつけ、行動しない。誘われれば、不承不承というポーズをとり、嬉々《きき》としてついて行く。

つまりは、へそ曲がりな人間なのである。

こんなわたしであるから、旅に必要なのはスーツケースや洗面道具ではない。リーズン、だ。理由、きっかけ、大義名分。背中を押してくれる人。

「あちこちの港でおいしいものを食べて来てくださいよォ」初対面のユカ編集長はそう言い、おやじを転がすやり手ＯＬのように目を細めた。

たぶんそのとき、わたしの心はこう叫んだのだ。わたしを書斎から連れ出して――。

男のくせに、これだ。おいおい叩《たた》き直そうとは思っておりますがね。

かくして小説家は船上の人となる。港町巡りの始まり、なのである。

人生初のシケ体験

川崎港の客船ターミナルに到着すると、暗闇《くらやみ》の中、巨大な壁が目の前に聳《そび》え立っていた。総重量一万一五八二トン、全長一七〇メートル、旅客定員六六〇名。わが人生で乗船する最大の船である。これが浮く？　人類は偉大なのか、無謀なのか。巨大な人造物を見ると、わたしはいつもそんなことを思う。

待合室には誰もいなかった。周囲も閑散としている。なんかこう、淋《さび》しげな感じなのである。聞くところによると、かつては周辺に飲み屋街があり、船の着く時間にはタクシーが十台以上客待ちをしていたそうだ。今どき船旅は分が悪いようだ。

午後八時過ぎ、乗船手続きをしてタラップを昇った。旅のメンバーは、ユカ編集長とタロウ君とカメラマン・シンゴ君とわたしの四人だ。

レセプション・カウンターでチェックインをし、部屋の鍵《かぎ》をもらう。わたしの部屋は一等室で、ホテル並みのツインベッドルームだった。窓の外にはベランダがあり、デッキチェアも備え付けられている。ちなみにほかの三人は二等寝台室。ほっほっほ。作家の役得である。

早速、船内を探索した。展望サロン、カフェレストラン、イベントホール、展望浴室、なんでも揃《そろ》っている。狭くて入り組んだ廊下を早足で歩いていると、修学旅行の気分になってきた。タイタニックごっこしようか、そんな感じ。

でもって気づいたら、船が動いていた。すでに出港したのだ。船ってそっと発《た》つのだね。

急いでデッキに出ると、右手に横浜の夜景が見えた。ソー・ビューティフル。澄んだ空気の中、色とりどりの光が岸できらきらと輝いている。真っ黒な海が、小さく波打っている。お月様もきれいだぜ。ウー・ララー。

両手を広げ深呼吸。でも強風下なので、すぐ手摺《てすり》にしがみついた。潮の香りもへちまもない。ほかの乗客もさっさと避難していた。ちなみに目にする範囲で乗客は六、七十人。だから船内はがらがら。トラックドライバーたちは下のエコノミーなデッキでお休みのようだ。

シンゴ君が撮影を済ませると、もうすることがなくなった。船旅は、暇なのである。わたしの部屋でおしゃべりをすることに。ユカ編集長が持参したワインを開け、まずは乾杯。いやいや、三日間よろしくお願いします。

「奥田さん、船酔いは大丈夫ですか？」三人に聞かれた。

今ごろ聞いてどうする。考えもしなかったわたしも迂闊《うかつ》だが。

大丈夫だと思うけど。そう答えておいた。船旅は初めてなので自分でもわからないのである。さっきから、ゆらりゆらりと船は揺れている。

ここでわたしがトリビアをひとつ披露。自分に酔っている人は乗り物に酔わない。

以前、誰かのエッセイで読んだのだが、酔うのは覚醒《かくせい》した状態があるからで、元々自己陶酔している人は酔いようがないのだそうだ。やけに説得力があったので憶《おぼ》えていた。

そうなると、自分で言っておいて不安になる。わたしは覚醒した人間だ。恋愛小説とハードボイルドは死んでも書けない。みなが泣くシーンで「ふん」と鼻白み、手に汗握るクライマックスで「んなアホな」と笑い出す不謹慎な男である。

酔いそうだなあ。ゲーゲー吐いてしまうのだろうか。

そして午前零時、相模湾《さがみわん》を抜け、本格的に船が揺れ始めると結果が出た。船酔いしたのはユカ編集長とシンゴ君。まったく平気なのはタロウ君とわたし。勝ったのか、負けたのか、判断に苦しむところである。

二人が青い顔をしているのでお開きに。飛行機と船は乗ったら最後、着くまで降りられない。恐怖症だという人の気持ちは充分わかる。

一人になり、シャワーを浴びようと思ったが、立っていられないほどの揺れになってきた。窓から外を見る。真っ黒。水飛沫《しぶき》がガラスを叩くだけ。なにやら凄《すご》いことになってきました。これはもう寝る以外にない。

パジャマに着替えベッドにもぐりこんだ。電気を消して目を閉じると、揺れを一層具体的なものとして感じた。ふわっと体が浮き、続いてベッドに押さえつけられる。同時に船底が波に打たれて「ゴゴーン」という音が船内に響き渡る（これがまたいい音なのだ）。人生初のシケ体験である。

衝撃で天井にある蓋《ふた》がバタンと開く。テーブルのコップが床に落ちて転がる。さすがに心許《こころもと》なくなった。これってとしまえんのフライングパイレーツに乗って一夜を過ごすようなものでしょう。寝られるのかいな。

でも眠れた。わりかしぐっすりと。自分でも意外だった。わたしは元来ナーバスな人間だが、乗り物には強いようである。

ほっほっほ。この連載はわたしのためにある。

朝、船内放送で起こされた。レストランが営業を始めたというアナウンス。八時四十五分までなのでそれまでに食べよという旨《むね》であった。

カーテンを閉めてなかったので、まばゆいばかりの光が船室に差し込んでいる。起き上がり、窓辺で深呼吸。シケはすっかり収まっていた。陽光を浴びた海面の輝きのなんと美しいこと。

あらためて船室を見ると、主要な備品はすべてボルトで固定してあった。海はやさしいばかりではないのだ。

レストランへ行き、みんなで朝食。口々に昨夜のシケのことを語り合った。妻かったね。沈まなくてよかったね。シケ割引ってねえのかよ。ユカ編集長とシンゴ君は無事眠れたらしい。タロウ君は爆睡。朝食バイキングを山盛りにして食べていた。若者だね。

午前十時から、操舵《そうだ》室《しつ》で船長のトークショー（アナウンスでそう言った）があるそうなので我々も参加することに。長旅を退屈させまいという乗客サービスらしい。最上階の操舵室に上がると、温和な物腰の船長が笑顔で出迎えてくれた。「ゆうべは年に何回もないシケでした」とのこと。やはり我らは貴重な体験をしたようだ。

この船長は、なかなかのエンターテイナーであった。船の仕組みや航行のルール等を、ジョークを交えて解説し、参加者を笑わせている。根っからの社交好きといった感じ。

わたしは耳を半分傾けながら、離れた場所で窓から海を眺めていた。いちばん高いデッキだけあって一大パノラマなのだ。

波の表情を見ているだけで飽きない。どうやらわたしは海を見るのが好きらしい。沖縄に行ったとき、港でほぼ半日、海を眺めていたことがある。そもそも自宅アパートから東京湾が見える。仕事につかえると、行き来する船をぼんやり眺めている。たゆたう水というのは、人を落ち着かせてくれるのだね。

しばらくすると、行く手に明るい色が広がった。海の色がそこだけエメラルドグリーンなのだ。さっき船長の話を聞いていたのでわかった。あれが潮の境目だ。ワオ。初めてみた。あんなにくっきりと色が変わるものなのか。

境界線に達する。一層グリーンが鮮やかになった。そのとき、前方に海鳥の一団が飛翔《ひしょう》しているのが見えた。海面ぎりぎりだ。その下には小さな水飛沫がいくつも弾《はじ》けている。魚の群れだ。船がそれを追い越していく。真上から見下ろした。魚と鳥の追いかけっこ。魚の小刻みなレーンチェンジ、鳥が見事に追走する。その速いこと、速いこと。

ブラボー。拍手したくなった。この惑星に生まれてよかったぜ。

二時間、ずっと海を見ていた。船旅はいい。昨夜のシケが帳消しになった。

高知初上陸

午後一時半、予定より約一時間遅れで高知新港に到着。我らは接岸するのを操舵室で見ることができた。取材と知った船長が親切に招いてくれたのだ。船長はタグボートを使わずに、絶妙の舵取《かじと》りで岸壁に横付けした。さっきとはうって変わった、仕事人の顔であった。

徒歩での下船は我々のみ。高知は春の陽気で、雲ひとつない青空だった。わたしにとっては高知初上陸だ。

着きましたね。十七時間の船旅だと。ま、のんびりはできました。

港の人にタクシーを呼んでもらい市街地へ。人口三十三万人の地方都市は、うるさ過ぎず、静か過ぎず、いい感じのたたずまいだ。チンチン。路面電車が元気に走っている。途中、車窓からはりまや橋が見えた。ふうん、あれがそうなの。思ったより小ぶりで地味。地元民も指摘していることなので遠慮なく言うと、観光名所とするには少し無理があるんでなかろうか。歌で実態以上に有名になってしまったのだろう。

今夜宿泊するホテルに荷物を預け、四人で町を歩く。今日は日曜なので高知名物の「日曜市」が立っているそうなのだ。でもその前に昼飯。腹が減ったのじゃ。

繁華街にある「ひろめ市場」に入った。いろいろな屋台が並んでいて縁日のような賑《にぎ》やかさだ。ラーメン、うどん、魚料理、なんでもある。あちこちから土佐弁が聞こえてきた。かまん、かまん。店の娘さんが言っている。構わない↓いいよ、ということだろう。女の人がしゃべっていると実に耳当たりがいい。わたしは姫君の方言に弱いのである。

東京から来たん？　そう、ふらりとね。どこ泊まるんね。決めてない。案内したるきに、待っちょって——。ぬははは。わたしは空想好きの小説家なのである。

あれこれ迷った末、ぶっかけうどんとオニギリを食べることに。カツオは夜にとっておきたい。トレイに載せてテーブルに行くと、ほかの三人はカツオ丼《どん》を食べていた。君たちに計画性というものはないのか。目先の欲にくらむのか。

ユカ編集長の丼《どんぶり》から一口もらう。うまいぜよ。身がしっかりと引き締まっている。大衆食堂でこの新鮮さ。聞いたら五百円だと言っていた。東京なら倍はしそう。わたしが食べたぶっかけうどんもおいしかったです。

腹がくちくなったところで、大手筋と呼ばれる通りの日曜市へ。食品から日用雑貨まで雑多な露店が約一キロにわたって軒を連ねている。なんだか、懐《なつ》かしい。子供のころ、決まった曜日になると近所の神社に市が立った。母親に手を引かれ、いつも出かけた。カルメラを焼くおじさんの手つきを真剣に見つめていた。そんな時代を思い出した。

カルメラはないけれど、てんぷらの屋台が目についた。サツマイモのてんぷらがこの土地ではおやつ代わりらしい。うん、いい匂《にお》い。刃物の屋台も目立った。魚用の出刃包丁が並んでいるのを見ると、こっちまで魚をさばきたくなってくる。ああ、そうか。魚が揚がる町は刃物が発達するのか。納得がいきました。

屋台を賄《まかな》っているのは、ほとんどが年配のおかあさんたちだった。みなさん、いい表情。やさしさが滲《にじ》み出ている。齢《とし》はこうやって重ねたいものである。

ぶらぶら歩いていると、タロウ君が五、六歳ぐらいの少女とぶつかった。

「痛えじゃねえかー」少女が懸命に背伸びをし、食ってかかっている。「ごめん、ごめん」タロウ君が謝っても、「痛えじゃねえかー」「このドジ」と罵声《ばせい》の嵐《あらし》。

見ていて笑ってしまった。少女が、実に人懐《ひとなつ》っこい目をしていたのだ。警戒心のまったくない、人を信じている人間の目だ。都会にはいなくなった、おてんば娘だ。うれしくなった。この町には昭和が残っている。

日曜市を一回りして、今度は高知城へ。築城したのは山内一豊《かずとよ》。わたしには、司馬遼太郎《りょうたろう》の『竜馬《りょうま》がゆく』に出てきた「鯨海酔侯」のお殿様（山内容堂ですね）の城という印象が強い。

まずは自由民権運動の士、板垣退助の銅像が出迎えてくれた。

ちなみにわたしの郷里・岐阜にもこの人の銅像がある。暴漢に刺され、「板垣死すとも自由は死せず」と言ったという有名な現場だ。

本当は言ってないと思う。「やられたー」とか「なんじゃこりゃあー」だと思う。

そんな馬鹿話《ばかばなし》で盛り上がる。板垣先生、ご無礼を。

入場券を買って天守閣に登った。一度は焼失したが、一七五三年に全城郭が再建された日本屈指の古城だ。もちろん国の重要文化財。太い柱がいかにも頼もしい。

最上階から高知の町を一望する。おお絶景。つかの間のお殿様気分。早春の風が肌に心地よい。思ったより山が多いのに驚いた。かつて土佐は「鬼国」と呼ばれ、都から遠く離れた遠流《おんる》の地だった。この地形が、独特の風土を生んだのだろう。うしろが山となれば、人は大海に出る。坂本竜馬をはじめ、岩崎弥太郎《やたろう》、中江兆民、幸徳秋水《こうとくしゅうすい》と幕末・近代日本を牽引《けんいん》した傑物を多く輩出したのは、この地形と無縁ではないはずだ。

城内でしばし休憩。ハトに餌《えさ》をやって遊ぶ。こういうの、好きなんです。

高知城のあとはレンタカーを借りて桂浜《かつらはま》へ。竜馬像で有名な月の名所である。海に沈む夕陽も美しいらしい。

着いてみると、無情にも陽は沈んでいた。でも水平線に夕陽の名残りはあった。オレンジからほんのわずかの白を挟んで深紫に移っていくグラデーションが美しい。

すっかり暗くなった砂浜を歩く。

なんか、こう、海に向かって叫びたくなりますね。青春ってなんだーっ。いや、その、立派な中年なんですが。ついでに砂浜を疾走。いや、ほら、駆け出したくなるでしょう。

桂浜は満天の星だった。空気が澄んでいて地上からの明かりが少ないせいか、東京よりずっと光り輝いて見える。

「あれがオリオン座ですね」ユカ編集長が遠足を引率する女性教諭のように言い、夜空を指差した。「三つ並んでるのが狩人《かりゅうど》オリオンの腰の部分で、左上の明るい星が……」

ふうん。見上げながら、いい加減に相槌《あいづち》をうつ。星は詳しくないのです。でもきれいだった。吐息が、漏れるほどに。

坂本竜馬はよいところに銅像を建ててもらったものだ。

遠くで汽笛が鳴った。

スナック「エピソード」

さあ晩飯だ。新鮮な魚をたらふく食べちゃるけん。車の中でガイドブックを検討し、メニューの多そうな、市内にいくつも支店を持つ日本料理屋の本店に予約を入れる。ホテルに車を置き、町を歩くと、人通りがやけに少なかった。繁華街のアーケードに入っても閑散としている。大半の店がシャッターを下ろしているのだ。日曜とはいえまだ午後七時である。あとで聞いたことだが、高知では平日でも七時を過ぎるとみんな家に帰ってしまうらしい。みんな家で何をしているんだ。わたしの本でも読んでてくれてるとありがたいのだが。

料理屋ではいちばん奥の座席に通された。まずは生ビールで乾杯。プッハーッ。クウーッ。生きててよかった。全員酒はいける口。

「奥田さん、なんでも食べてください」ユカ編集長に品書きを渡される。

まっかせなさい。刺身の盛り合わせ、焼き魚はカツオのハラミ、タコのから揚げにサツマイモのてんぷら。それから、それから……〝鯨のさえずり〟ってなんじゃらほい。

「鯨の舌なんじゃないですか」

それもいってみよー。あっという間に卓は料理の皿でいっぱいになった。日本酒も届く。

カツオを一切れ。うー。さすがにおいしい。身が締まっているのに軟らかい。これは「ハガツオ」という種類のもので、仲居さんに聞くと「歯がギザギザじゃけん、そうゆうとる」とのこと。サバも口の中へ。土佐清水で獲《と》れた有名な清水サバだ。これも美味。東京で食べるサバにくらべて味と香りが濃い気がする。全体に旨味《うまみ》が多い、といったところなのだろうか。

なあんてね。すぐにぼろが出るだろうから、最初に告白しておきます。わたしゃ批評ができるほどのグルメじゃありませぬ。目隠しされたら養殖と天然のちがいもわからない。ワインの銘柄などまず当てられないだろう。

ええと、もう少し正直に書きましょうか。はっきり言って味覚オンチです。緑色のペーストを「これはアボカドだね」と気取って口に運んでいたら、実は空豆でご婦人にケラケラと笑われたことがある。ワインをテイスティングして思うことは、ソムリエの野郎、あの角を曲がったらきっと笑い出すに決まっている、だ。わたしは舌に自信がないのである。

いいじゃねえか、そんなの。と開き直る作家・奥田英朗。ごちそうは、いつどこで誰と食べるかが問題なのだ。

というわけで料理を食いまくる。サツマイモのてんぷらはヒットであった。これをおやつに食べる高知の人は非常に趣味がよろしい。鯨のさえずりはコリコリして珍味。酒の肴《さかな》にもってこいだ。

「奥田さん、結構食べますね」ユカ編集長がタコを頬張りながら、患者を診察する女医のように言った。

人の金だとな。実を言うと、わたしは普段少食である。一日中、家にいるし、一人だし。食べるのを面倒だと感じることもある。これも旅のなせる業だろう。ちゃんとおなかが減ってくれる。食べなければ損だと思えてくる。

注文し過ぎか、と思われた料理も最後はタロウ君が片づける。「焼きオニギリ、頼んでもいいッスかね」。好きにせい。足を投げ出し、みんなで恵比須顔《えびすがお》。もう一軒行きましょうか。せっかくの高知の夜だし。

ぶらぶらと飲食街を歩く。バーや居酒屋もいいのだが、どうせなら地元のスナックでママさんとおしゃべりをしてみたい。というわけで、たまたま見つけた、スナックの看板が並ぶ雑居ビルに入ることに。日曜だから営業しているのはほんの数軒。

どこがいいのかな。店名を目で追うも、旅人にわかるわけがない。

とりあえず適当に入りますか。失敗だと思ったら、腕時計を外すからね。それが合図。一杯だけ飲んで出ようね。

そんな取り決めをする。実はこれ、合コン好きのＯＬから聞いた二次会パスの合図だそうです。

いちばん手前にあった「エピソード」という名のスナックのドアを開けた。ずんずん奥に進んでいくのはユカ編集長。思い切りがいいね、この人は。男三人、あとをついていく。

テーブルひとつとカウンターというこぢんまりしたスナックだった。「いらっしゃいませー」やさしそうなママが迎えてくれた。よかった。安心して飲めそうな店だ。先客は三人ほど。

テーブルに陣取り、各自飲み物を注文。ちなみに、わたしはハイボール一本槍《やり》の人間である。再び乾杯。

ええ天気でよかったときに。そんな会話を交わす。仕事が終わって同僚と一杯という生活から、わたしは十数年遠ざかっている。だからこうして飲んでいると、やけに心が弾む。うれしくなってくる。どうして自分はそういう人生を手放してしまったのだろう。集団に背を向けて生きているのだろう――。なんて、会社員が務まらない人間のくせにね。今勤め人になったら、三日で音を上げるに決まっている。一人がいいと言い出すに決まっている。そうやっていくつもの会社を辞めてきた。すぐにケツをまくり、飛び出してきた。融通が利《き》かない、頭を下げない、懐《なつ》かない。わたしが作家になったのは必然だ。小説が好きなのではなく、それしか道がなかったのだ。

ええと、旅に出ると、わたしには告白癖があるようです。

「お仕事ですか？」シンゴ君のカメラを見つけ、ママさんが声をかけてきた。

「そうなんです。雑誌の取材で来たんです」ユカ編集長が答える。そのまま、ママとのおしゃべりに突入した。ううむ、この会話上手。人見知りしないのは、職業的習性なのか天性なのか。

ママさんが「サービスです」と高知イチゴを持ってテーブルにやってきた。これが甘くて超美味。みんなで競うようにして食べる。ママさんは、下の子が大学生になって、また仕事を始めたのだそうだ。日曜日も休まないのはお客さんが来てくれるから。普段行く店はバーばかりなので、わたしにはスナックでの会話が妙に新鮮に感じられる。

いいなあ。わたしも東京に行きつけのスナックが欲しいものだ。そこには気風《きっぷ》のいい美人ママがいて……。オクちゃん、仕事してるの？　全然。スランプでね。読者がいるんだから頑張りなさい。読者？　いるとは思えない。ここにいるじゃない。わたしがオクちゃんの小説を楽しみにしてるの。早く書きなさい。甘えてんじゃないよ

――。ああ、わたしは美人ママに叱《しか》られたい。

カウンターのお客さんも会話に加わる。どうやら地元市会議員とそのお仲間らしい。「なに、『週刊新潮』の記者？」「ちがいます。『旅』です」いつの間にか店内一体。ユカ編集長は名刺交換して雑誌の宣伝までしていた。

わたしは二年ほど前、小説誌に紀行文を書くため日本各地を回ったことがある。そのときは一人旅だったので、こういう土地の人とのふれあいを体験することができなかった。一人で未知のスナックに入るなんて、わたしにはできない芸当である。

同行者のいる旅は、心強い。

「あはははは」店内に笑い声がこだまする。縁は異なもの。そこの角を曲がってみようか、そうやってたどり着いた店なのである。

高知の夜はにぎやかにふけていった。腕時計のことなど、すっかり忘れていた。

大海原はステージ

高知上陸二日目。午前六時に起きてシャワーを浴びた。今日はフェリーで土佐清水に移動する。県下有数の漁業基地で、本場の清水サバを死ぬほど食いまくっちゃる、というナイスな計画である。船で四時間あまりと聞いて驚いた。高知は大きな県だ。ロビーに降りてホテルをチェックアウト。昨夜は零時過ぎまで飲んだので、みんな眠り足りなさそうだ。わしもな。こんな早起き、いったい何年振りか。

昨日に引き続き、空は朝から雲ひとつない快晴。日本晴れとはこのこと。いったい誰の心がけがよいのだろう。

車で高知港へ。停泊しているのは、総重量四一三八トン、全長一一八メートル、旅客定員三五〇名の「フェリーこうち」だ。大阪を昨夜出航して今朝到着した定期船である。

乗り込むと、我らを含め乗客は十人ほどしかいなかった。ほとんど貸し切り状態。絨毯《じゅうたん》の敷かれた大広間のような客室で、それぞれ横になっている。

午前七時半出航。朝食がまだなので、自販機で売っていた冷凍のチャーハンやオニギリを、車座になって食べる。昨日、日曜市で買ったブンタンも。フレッシュで美味。そういえば高知は柑橘類《かんきつるい》の産地だ。

朝食を済ませるとすることがなくなったので、マットを敷いて寝ることに。売店に「貸し毛布１００円」と書いてあったが、借りに行くと、朴訥《ぼくとつ》そうなおにいさんが「お金いいですよ」とサービスしてくれた。

一時間ほど、うつらうつら。窓から見える青空が目にまぶしい。横になっているのがもったいなくなった。

わたしは起き上がると、仮眠中の三人を残してデッキへ出た。

ワオ。なんという素晴らしい眺め。見渡す限りの水平線。鮮やかなブルーの海に太陽がさんさんと降り注いでいる。最初はひんやりと感じた空気も、強い日差しがすぐに肌を温めてくれた。

外階段で二階デッキに上がってさらに心が弾んだ。

おおーっ。本当に叫びたくなった。ぐるりと水平線に囲まれた、三百度近い大パノラマ。正真正銘のブルースカイ。この海の上のステージに、わたししかいない。

イエーッ。ヒューーッ。両手を天に突き上げた。これって、わたしが生きてきた中で、目に映ったナンバーワンの光景なのではないだろうか。これほどの高揚感は記憶がない。

デッキの真ん中に寝転がり、大の字になった。なんて青なのだ。欲しいものがなくなってしまうではないか。何度もため息をついた。この瞬間、世界でいちばん感動しているのは自分だという自信がある。とまあ、大袈裟《おおげさ》な小説家一名なのである。

立ち上がり、デッキを歩き回った。足が浮く感じ。ここだけ重力が半分になったように。やがて速度が速まり、スキップになった。ジャンプした。回転した。もうじっとしていられないのである。

頭の中で音楽が鳴り出した。なぜかマーシャル・タッカー・バンドの『24 Hours At A Time』（たぶん読者の三人ぐらいしか知らない曲です）。クルージングの速度にぴったりなのだろう。曲に合わせて体でリズムを取る。各メンバーのソロパートでは、楽器を演奏する真似《まね》をした。わたしはロックファンなのである。

続いてはレッド・ツェッペリンの『Rock'n'Roll』。ジミー・ペイジのステージアクションを真似る。どんどん気持ちが高ぶってきた。曲が次々と出現する。ローリング・ストーンズの『Start Me Up』。キース・リチャーズになりきってデッキを駆け回る。ポリスの『Can't Stand Losing You』。もちろん自分がスティングだ。イエーッ。ヒューーッ。止まりません。観客は海と太陽だ。みんな愛してるぜーっ。

指を鳴らし、ステップを踏む。一人ミュージカル状態になってきた。飛んで、跳ねて、両手を広げてくるくる回って――。

そのとき、視界に人影が映った。はっとして動きを止める。

うしろのドアの前にユカ編集長が立っていた。異星人でも見るような目で。

あちゃー。め、め、目から火が……。

「奥田さん、何してるんですか？」

なんてこったい。見られてしまった。


編集長は見た！


「奥田さん、一人で踊ってるんだもん」

いや、だから、あれはね……。

「いやあ、こういう人とは思いませんでしたよ」

だからね、そうじゃなくって……。

下船後、車中では、わたしのダンスの話題で持ちきりとなった。そりゃそうだわな。野郎のダンスだもの。若くないし。ふん。ユカ編集長は、ちょっとつつけば大爆笑しそうな顔をしている。「ぼくらも見たかったなー」「また踊ってくださいよ」とシンゴ君とタロウ君。馬鹿者《ばかもの》。誰が踊るものか。

わたしは普段お体裁屋であるぶん、ハイになると異様にはしゃいでしまう傾向にある。それが今回、もろに出てしまったのだ。

「大丈夫ですよ。東京に帰ったら黙っててあげますから」

信じないね。目が笑ってるだろう。

「あははは」

ほら。

昼食はガイドブックを頼りに海沿いのドライブインへ。大きなガラス張りのテラス席の向こうはすぐ港だ。平日で観光客はおらず、テーブルを囲んでいるのは地元の人たちだ。

入り口のメニューには「本日サバは入荷していません」の札が。まあいいか、夜もあるし。その日のものを食べさせるということは、良心的な店なのだろう。

メニューを眺め、イカ丼《どん》かエビカレーかで迷う。うーむ、カレーか……。魚介でスープを取った掘り出し物のような気がする。そうだ。誰かに注文させて、おいしかったら交換すればよいのだ。自分はイカ丼にして、カレーはシンゴ君に任せる。

で、出てきたカレーを食べたら、一口で業務用レトルトとわかるものだった。シンゴ君、あとは食べていいよ。わたしは今、やさしくない気分なのである。

昼食後は竜串《たつくし》海岸へ。グラスボート（船底がガラス張りになっている）に乗っての海中見物だ。南国土佐とはよく言ったものである。珊瑚《さんご》や熱帯魚なんて沖縄へ行かないと見られないと思い込んでいた。海の透明度は抜群だ。ダイバーに人気と聞いて納得した。

高知城で鳩《はと》に餌《えさ》をやって遊んだときの豆がポケットにあったので、窓から海面に投げてみる。きれいな色の小魚が一斉に寄ってきた。面白い、面白い。ただし豆が大き過ぎて、口に入れるもののすぐに吐き出してしまう。何度投げても寄ってくる。その都度、口に入れては吐き出す。

ほっほっほ。わたしは腹黒い人間なのである。

千尋《ちひろ》岬に到着。この先には風や波の浸食を受けた珍しい岩がいっぱいある。二十分だけ待ってもらうことにして下船した。

おお、絶景。蜂《はち》の巣状だったり、アスパラを並べたみたいだったり。岩がこんな形になるものなのか。自然の雄大さをあらためて実感する。締め切りがなんだ。返本がなんだ。全部小さなことだ。と、しばし現実逃避。これも旅のよさですね。

竜串の次は足摺《あしずり》へ。ここの有名ホテルに展望露天風呂《ぶろ》があり、日帰り入浴が可能なので一風呂浴びようというのである。

車の中で、ユカ編集長が妙なことを言い出した。

「みんな、温泉に入ってて。わたし、その間に足摺岬に行ってくるから」

何よ、温泉より岬の方がいいわけ？　じゃあ、みんなで行きましょうか。

「ううん、一人で行くからいい。すぐに戻ってくるし」

なにやら、ついてきてほしくない様子なのである。まさか、身投げ？　編集長、雑誌はちゃんと出そうね。わはは。ここぞとばかりにからかう。

「わたし、前から足摺岬に行ってみたかったんですよ」

乙女のように言うので、男どもは黙った。まあ、いいですけど……。本当に行きたい場所は、一人で行くべきなのかもしれませぬ。女一人、潮風に吹かれてきてください。

ホテル前で別れ、我らは展望露天風呂へ。テレビの旅番組で幾度となく見た光景が目の前に現れた。ソー・ワンダフル。大海原を一望できる。地球の丸さが実感できる。

露天風呂の先端、海に向かってタロウ君がフルチン姿でスーパーマン立ちした。

「うわーっ、気持ちいい」

おい、ＮＡＳＡの偵察衛星が見てるぞ。

「日本男児は立派だって驚いてますかねえ」

笑ってるよ。馬鹿がいるって。

でも、あまりに気持ちよさそうなので、わたしも馬鹿の仲間入りをした。うーん。爽快《そうかい》。

入浴後、ホテルのロビーで一休み。しばらくして、ユカ編集長が清々《すがすが》しい顔で戻ってきた。何をしてきたんですかね、この人。

岬に一人で行きたがる、謎《なぞ》の女編集長なのである。

いいのか、こんな毎日で

夕方、土佐清水の宿にチェックイン。目の前が漁船の停泊所というナイスなロケーションだ。店名が示す通り魚料理で評判の「魚田」という料理屋に予約を入れ、それまで中心街をぶらぶらする。

人口が二万人に満たないという土佐清水市は、絵に描いたような漁師の町だ。おーい、わしんとこの船、油、三百入れちょってくれ。給油車が走っていると、あちこちからそんな声がかかる。全員、顔見知りという感じだ。長靴率が高いのも見ていて懐《なつ》かしい。わたしが子供のころは、一年中長靴というおじさんが近所に何人もいたものだ。

町いちばんと思われるスーパーをのぞくと、不良っぽい高校生たちがたむろしていた。なんとなく可愛《かわい》く見えるのは、わたしが旅人だからだろうか。きっと根はいい子たちだ。

少し歩いただけで、もう行くところがなくなる。そういう規模の、スモールタウンです。

午後六時、料理屋の暖簾《のれん》をくぐる。雑誌の取材ということを知って、親切な店主が市の観光課職員を紹介してくれた。いろいろ情報を仕入れる。お勧めのスナックも。

奥の座敷に陣取りビールで乾杯。料理は店主におまかせだ。まずは清水サバの刺身が出てきた。醤油《しょうゆ》にわさびを溶かし、一口。うまいぜよ。身がぷりぷり。脂《あぶら》がもっとも乗るのは九月から十一月にかけてというが、今でも充分。きっと一年中うまいのだろう。ちなみに、清水サバの元はゴマサバで、その中の、脂の乗った鮮度のよいものを「清水サバ」と認定してブランド化したのだそうである。

焼酎《しょうちゅう》のお湯割に替えたところ、続いてカツオのたたき。三杯酢でしめてオニオンスライスをたっぷり載せるのが「四万十《しまんと》流」だ。本当はタマネギが苦手なのだけど、なぜかおいしく食べられるのは本場の力か。

「サバのヅケ握り、食べる?」と店主。食べます、食べます。四人でキツツキのように首を振る。出てきたそれは、この店でいちばんのごちそうだった。ツメの絶妙の甘辛さとゴマの風味が、サバと酢飯にぴったり合っている。

うー。言葉がない。神様、これがしあわせってやつですか？

シンゴ君が写真を撮っていたら、カウンター席のおじさんが声をかけてきた。「何やっちょるの？」。いちばん近くにいたタロウ君が説明する。聞くと、毎晩この店に来ているらしい。

タロウ君は気に入られた様子で、長話に突入している。名刺交換までし、「東京に行ったら必ず連絡する。そんとき、人生の勝ち方を教えちゃる」と言われていた。タロウ君、よかったな。師匠ができて。おじさんは分厚い手をしていた。男、という感じだった。

飲んだーっ。食ったーっ。いいのか、こんな毎日で。いいだろう。東京ではちゃんと働いてるんだ。

よし。スナックに行くぞ。わたしの号令の下《もと》、徒歩一分、観光課の人が教えてくれたスナック「あき」に突入する。赤い内装の、デイヴィッド・リンチの映画を連想させる、そんなスナックであった。カウンターとテーブル席の間には広いスペースがある。

「奥田さん、ほら、ここで踊れますよ」と、目だけで笑うユカ編集長。

うるせー。

テーブル席に案内され、二十歳《はたち》そこそこの女の子二人がつく。ナオちゃんとユウノちゃん。明るくキュートな土佐清水ガールズである。「どこの人ですか？」「何しに来たんですか？」いきなり話に花が咲く。もてているのはタロウ君。実はこやつ、長身のイケメンで元高校球児なのである。

置いていくから好きに使っていいよ。「きゃあー」とガールズ。腹立つなあ。

飲んでいるとマイクが回ってきた。げっ。わたしはカラオケが苦手である。いつも逃げ回っている。そもそもそういう場所には近寄らない。音痴だし、気取り屋だし。でもいい。歌ってやる。早めに済ませてらくになろう。

わたくし、ＰＵＦＦＹの『アジアの純真』を歌ってしまいました。拍手を浴びて照れる。はー。カラオケなんてほとんど十年振りだ。生涯でも数回しかない。

タロウ君が訥々《とつとつ》とＢＥＧＩＮの『島人《しまんちゅ》ぬ宝』を歌う。ユカ編集長は乙女チックに松田聖子の『青い珊瑚礁《さんごしよう》』。

シンゴ君は、ステージに立って誰も知らないＪポップの曲を、何かに憑《つ》かれたように激唱していた。シンゴ君、東京で辛《つら》いことでもあったのかい。

みんな、カラオケは慣れている様子だ。そりゃそうだ。会社員は断れないことがいっぱいある。いやとなればテコでも動かないわたしとわけがちがう。

よし、わたしがもう一曲歌おう。これで少しは柔軟な人間になれるでしょうか。ビートルズの『Please Please Me』。カモン、カモンで大合唱。なにがなんだかわからなくなってきました。

そこへママのあきさんが登場。「いらっしゃーい」。再び盛り上がる。でもってこのママの歌がプロのようにうまくて、全員聞き惚《ほ》れる。人生を、感じました。

お互いに自己紹介。ママとナオちゃんは母娘《おやこ》で、出身は土佐清水だが長らく大阪の尼崎《あまがさき》で暮らしていたらしい。我々が取材で来ていると知ると、大喜びしてくれて、明日の昼は手作りのイヨ飯（魚の入った炊《た》き込みご飯）をご馳走《ちそう》したいと言い出した。そんな、申し訳ない。

「ううん。土佐清水に来たんだから食べてってよォ」ママはその場で、自分の母親に電話をかける。「あ、おかあさん？　明日、仕事休んでね。それでイヨ飯を炊いてちょうだい」

ううっ。なんてよい人たちなのだ。甘えちゃっていいんですか。こんな出会い、都会で暮らしていたら絶対にない。

三軒目は、ママの従兄弟《いとこ》がやっているバーへ、ママの案内つきで行く。ハンサムなマスターに歓迎され、そこで午前一時まで飲みまくる。ウー・ララー。

たまたま行った店々で、ここまで親切にされたなんて、東京のみんなは信じてくれるだろうか（わたしが歌ったことの方が信じられないかもしれないが）。

土佐清水の人たちは、最高だ。

おかあさんの肩を揉《も》みたい

旅も最終日。本日も快晴なり。三日続けて雲ひとつない青空なんて、近年記憶にない。ほんと、誰の心がけがよいのか。三人の顔を見回す。この中にはいないことは確かである。

午前九時に宿をチェックアウトして、すぐ裏手の喫茶店でモーニングセットを食べる。トーストにサラダにゆで卵にコーヒーに味噌汁《みそしる》。日本人は味噌汁じゃけん。その後、車で五分の土佐清水漁港へ。水揚げの様子とセリを見学しようというのである。

行ってみると、実にいい雰囲気の漁港であった。入り江の対岸は深い緑の木々、上空にはカモメが飛び交っている。ミャーミャーミャー。なんと耳にやさしいことか。

漁船はまだ帰ってきていないらしく、全体に静まり返っている。鉄骨屋根の下のあちこちでは、木箱を椅子《いす》代わりにして、おかあさんたちが腰掛けていた。漁師である夫の帰りを待っているのだろう。そして、そのおかあさんたちの服装がなぜかみなさんカラフルで、コンクリートの岸に彩《いろどり》を添えている。なんとも似合っているのだ。

取材許可はとっていないが、自由に入れた。一目でよそ者とわかるのに、誰も警戒しない。ああ旅の人か、そんな感じ。

たまたま近くにいた、三人組のおかあさんとおしゃべりした。純粋な土佐弁なので、言っていることの全部はわからないのだけど。

漁には何時ごろから出るんですか？

「今日は一時だよー」

ううっ、我らが寝た時間だ。早朝なんてものじゃない。漁場までは二、三時間かかるそうだ。真っ暗な海を突き進んでいくのである。

「灯台も消えるけん、そうなったら頼りは仲間の船の灯りだけやわねえ」

消えるって？

「水平線に」

ふうん。自分にできるだろうか。なぜかそんなことを思う。サバを釣るのは立縄と呼ばれる漁法で、テグスが縦に伸びて何十もの針がついている方式だ。「ほら、これじゃきに」余っているものを見せてくれる。餌はイワシだった。ときにはサバも餌にするらしく、「サバはサバで釣るもんじゃけん」と笑って教えてくれた。勝負は夜明けまでで、最初に投入した立縄から引き上げていく。帰ってくるのは十時くらいだそうだ。

シケのときはどうするんですか？

「休み。沖まで行って帰ってくることもあるけん。シケはこわいこわい」本当に怖そうに言うので、そうなのだろうと思った。漁船の揺れは大型船の比ではないはずだ。

おかあさんたちは、自然のままに生きたといういい顔をしていた。みなさん小柄で可愛い。多くはわたしの母親の年代だ。なんだか肩を揉んであげたくなってきた。次からは「港町でおかあさんの肩を揉む旅」というのはどうだろう。わたし、よろこんで揉みます。

「あんたらなんね。どっから来たね」おかあさんに聞かれた。東京から取材で来たんです。よかったら写真を一枚撮らせてもらえませんか？　きゃあ、きゃあ。いやや、いやや。少女のように騒いでいる。ますますチャーミングに見えました。

おかあさんたちの話の通り、十時を過ぎてから漁船が次々と帰ってきた。なにやら壮観。船体が色とりどりで、景色が一気に華やぐのだ。わたしまで「おかえりなさい」といいたくなった。自分の夫の船が見えると、妻が腰を上げ、小さなリヤカーを引いて岸壁で待ち構える。

いいなあ、こういう生活。旅人の感傷かもしれないが、わたしはシンプルな生活に憧《あこが》れる。漁が済めば、否応《いやおう》なく一日が終わる。一杯飲《や》って、あとは寝るだけ。これが正しい人生だ。だいたい「生きがい」だの「自分探し」だのというのは、現代病の一種である。「みんなが主役」などとマスコミが甘言をささやいた時点で、人は新手の悩みを抱えるようになった。自分なんか勘定に入れるなよ。何様のつもりだ。

話が逸《そ》れました。何様のつもり、はわたしでしたね。

岸に着いた船に近寄ってみる。今日は大漁でしたか？

「あかん、あかん」漁師のおじさんが屈託なく笑い、手を左右に振った。どうやら今日は当たりが少なかったらしい。ほかの船からも景気のいい話はない。漁師とおかあさんたちは、魚を水揚げすると夫婦並んで家へ帰っていった。その背中を見送る。お疲れ様でした。明日は大漁でありますように。

午前十一時近くになると、今度は仲買人が集まり始めた。水揚げされた魚をチェックし、セリに備えている。全部で四、五十人といったところか。

これってどこの市場に出て行くんですか？　一人の仲買人に聞いてみる。「わからん」という簡潔な答えであった。そりゃそうか。流通網は日本全国だ。

「あんたらどっから来たの？　東京？　やっぱ垢抜《あかぬ》けちょるね」

そう言われ、気をよくする。その仲買人がマグロをチェックしていたので、これ何キロぐらいですか、と聞いた。

「三十八ぐらいかな」

漁協の人がその場で測ったら「三十八・五」であった。プロですねえ。尊敬の目で見てしまう。

小さなサメが揚がっていたので恐る恐る触れてみる。おおこれが鮫肌《さめはだ》か。

鐘が鳴り響き、いよいよセリが始まった。と言っても、正確にはセリではない。仲買人がアルミの札にチョークで金額を書き、それを漁協の元締めに見せるのだ。提示は一回きり。だから仕組みとしては入札。知識がないのでこれが一般的なのかどうかは知らない。

「ハガツオーッ」威勢のいい声が屋根の下に響き渡る。仲買人が札に値段を書き込み、三方を囲った机に提出する。元締めがそれを素早い手つきで見比べ、入札者を読み上げる。

「カイサーッ（開札）。××四本、××五本」

高額で入札した者から水槽に手を突っ込み、活《い》きのいい魚を買った数だけ引き上げていく。

たぶんそんなシステムだと思います。実のところ、元締めが何を言っているのかわからないのである。様子を見に来た観光課の人に聞いても、「ぼくらもわかりません」と言っていた。

しかしこの元締めのおにいさん、実によく声が透る。雪山でヤッホーと叫んだら確実に雪崩《なだれ》が起きるのではないだろうか。いやいや、お見事。聞き惚れました。

数が少ない魚については、それを取り囲んで札を見せていた。袖《そで》に隠してチラリと見せる仕草が面白い。いかにも取引という感じである。

一時間ほどですべての魚が買いとられた。たまたま獲《と》れた一杯だけのイカが、数十円で落とされたのには、なんだか笑ってしまった。漁師の仕事を無駄にはしないのだ。

漁港の一日は、これでおしまい。がらんとした屋根の下、コンクリートの床に水がまかれ、若い衆がブラシで掃除をしている。

上空を飛ぶカモメの数も少なくなってきた。

日向《ひなた》にいた野良猫《のらねこ》が、気持ちよさそうに目を細めていた。

お体裁屋のわたしでも

土佐清水漁港をあとにして、観光課職員の先導で別の港にある窪津《くぼつ》漁協に向かう。そこの組合長がブリの刺身を振舞ってくれるというのである。ついでに、昨夜のあきさんのおかあさんの手作りイヨ飯もそこで食べられるらしい。

いつの間にこういうことに？ わたしの知らないところで、ユカ編集長とタロウ君があれこれ段取ってくれたようである。

窪津漁協の直営店の「大漁屋」の脇《わき》で、獲れたてのブリを目の前でさばいて見せてくれた。手際《てぎわ》よく刺身にしていく。いくつかの冊《さく》は、火であぶってたたきにした。あきさんとおかあさんが登場。あらあら。どうもどうも。みんな顔見知りといった感じ。

この横のつながりは何なのじゃ。マンションの隣人も知らない東京居住者としては、ただ驚くばかりである。

漁協の二階に場所を移して食事会。総勢十名ほど。ええと、ここにいる人たちってどういう関係なの？ まあいい。そういうのは編集者におまかせだ。きっと雑誌の取材が来たというのが広まり、「これはもてなさねば」と歓待してくれているのだろう。これも小さな町ならではの人情だ。事前のアポなど、まったくなしで来たというのに。ともあれ、わたしは食べる。うまいぜよ。ブリの刺身も、イヨ飯も。

せっかくのもてなしなんだからたくさん食べるのだよ。タロウ君に目で訴えかける。そうするまでもなく、馬のように食べていた。

郷土料理はいいものだ。男衆が獲ってきて、女衆が作る。その土地のものだから無理がない。代々伝えられたものは、人にやさしくできている。

ついでに言うと、郷土料理はその土地で味わうものだ。空気と一緒にね。東京で食べると、たいてい失望する。思い出までは、運びきれないからだろう。

たらふく食べて、窪津をあとにする。食べ切れなかったものはお土産にしてもらった。「さよーならー」土佐清水のみなさんの暖かい見送りを受ける。こんな展開、川崎港を出るときは考えてもみなかったぜよ。

ここから高知竜馬《りようま》空港まで車で四時間。旅もいよいよ終わりだ。

車中、早くも旅の思い出話で盛り上がる。こんなに盛りだくさんの旅は、そうそうない。

普通、楽しい時間はあっという間に過ぎるものだが、三日間だけだったとはとても思えないのである。

「奥田さんが踊ってたのって、昨日のことですよね」とユカ編集長。

うるせー。

なんだかシッポをつかまれた感じである。でも、楽しかった。うそ偽りなく。一人旅のよいところは、勝手気儘《きまま》さと思索の時間がたっぷりあることだが、仲間との旅には、どこにでも入っていけて触れあえる面白さがある。もし一人だったら、わたしは誰とも口を利《き》かなかっただろう。おつに澄まして歩いていただけだろう。

そしてもちろん、歌いも踊りもしなかった。

お体裁屋のわたしが、歌って踊った旅なのである。

わたしには、かなり貴重なことだ。

車が高速道路を走っていく。窓からは青空に包まれた山々や町並みが見える。誰の心がけがいいのかわかった。土佐っ子の心がけがよかったのだね。

第二便　謎《なぞ》の生物VS.美人女医

五島列島篇

シロクマになりたい

福岡市天神。生簀《いけす》のある海鮮料理屋の座席テーブル。皿の上で、さばかれたばかりの水イカが、柚子《ゆず》を浴びて足をくねらせた。頭と尻尾《しっぽ》を切っただけのイワシは、どこかロリータの趣があり、なまめかしく肢体を輝かせていた。ヅケマグロのわさび巻きは、個々の辛さにむらがあり、当たると鼻の奥が激しくツンときた。地ビールの苦味が喉《のど》を突き抜け、胸全体に染《し》み渡る。くーっ。顔が＊マークになる（わかりますね）。旅先での一杯は、どうしてこんなにも旨《うま》いものなのか。おお、店に入ってきた浅黒い顔の御仁は地元ホークスのコーチ、島田誠様ではありませんか。今日のデーゲームは勝ったのですか？　連覇はできそうですか？　日曜日の博多《はかた》の夜は、深く静かにふけていくのである。

「奥田さん、ほんとにスランプなんですか？」

仕事が生きがいのユカ編集長が疑わしそうに言い、わたしは足を投げ出してフフンと笑った。こういうときは、返事をしないに限る。

もう一月、仕事らしい仕事をしていなかった。頓挫《とんざ》していた書き下ろし長編を仕上げたいと各種執筆依頼を断り、しばらくぶりの自由を得たのである。もちろん、机には向かった。最初の三日ぐらいはね。しかしわたしは生来のシエスタ野郎であった。働き者が集うこの国に生まれたのは、きっと神様が配属先を間違えたからにちがいない。スローライフなんて、提唱されなくてもとっくに実践してますぜ。昼寝はするし、月産百枚以下だし。わたしは、様子窺《うかが》いの編集者たちには「スランプなのだよ」と言い訳し、日々無為に過ごしていた。つまり、ほどけちゃったんですね。ほっほっほ。やる気ナッシング。

はー。吐息をつく。わたしはいっそシロクマにでも生まれ変わりたい。天敵のいない北の氷の上で、誰とも群れず、一人悠々と生きていたい。わたしに取り柄があるとすれば、孤独と退屈に強いということだ。華やかな暮らしをしたいなんて少しも思わない。誰かに頼られたいとも思わない。無趣味。怠け者。それで結構。何もしないことに、罪の意識など覚えない。旅だって、いらない。

旅が意味をなしたのは航海時代の十九世紀までだ。それ以降は、いたずらな大衆化が進んだに過ぎない。諸人《もろびと》よ、がつがつ出歩いて何になる。道路が混むだけだ。自然が壊れるだけだ。かの山本夏彦《なつひこ》先生もおっしゃったではないか。旅に出たところで、ロバが馬になって帰ってくるわけでもなかろうに——。けだし名言である。

ユカ編集長が、気分を害した様子で口を開いた。

「じゃあ、奥田さんだけ帰りますか？」

ううん、これは一般論。

「今のって、雑誌の根幹にかかわる発言ですよね」

だからね、各論となるとちがうのだよ。

本当は、行、き、た、い、の。「。」の代わりに♡マークをつけてあげようか？　そろそろ察しなさい、孤高を気取りたがる小説家の性格を。憎まれ口を叩《たた》くのは、五歳の頃から染みついた癖なのである。

もっと正直に言おう。わたしはこの日を待ちこがれていた。「港町食堂」の取材旅行を、指折り数えて待っていた。この二ヶ月間で、わたしが出かけたもっとも遠い場所はどこかご存知か。新宿である。天王洲《てんのうず》アイルから、りんかい線に乗って新宿のミニシアターまで行ったのが最長である。行動しない小説家は、出かける先がないのである。

おまけに、この日のために服も買った。ＣＰカンパニーで春夏物をごっそり仕入れた。旅がなければ、新調した服が風になびくのは、夜の六本木か銀座がせいぜいである。

「人間、素直がいちばんだと思うのですが」

まあ、確かに、ごもっとも。わたしは下唇をむき、黙ってビールを飲み干した。旅はわたしのような人間にこそ必要だ。偏屈な心を解きほぐしてくれる。自分の性格まで、忘れさせてくれる。

遠くへ行って、素直になりたい――。

午後十一時半、博多埠頭《ふとう》よりフェリー「太古」に乗船。零時一分発の福江港行きだ。今回は五島列島を船で巡ろうという計画である。五島列島は初めて。と言うより、名前を聞かされて、あったねそういうの、と気づく程度の認識しかなかった。島のみなさんすいません。わたしの日本地図は狭いのである。

旅の同伴者は、ユカ編集長と新人・タロウ君と渡世人風（坊主頭《ぼうずあたま》で眼光鋭し）カメラマン・ケンジ君。ユカ編集長は一日半だけの参加、ケンジ君は取材先の石垣島から直接やってきたという強行軍である。みんな、わたしとちがって忙しいのだね。日曜の深夜、こんな時刻のフェリーに誰が乗るのかと思っていたら、意外にも五割以上の乗船率であった。旅人らしきグループは我々だけなので、地元民の足として根付いているのだろう。

わたしを含む男三人の客室は、広さ三畳ほどの雑魚寝《ざこね》部屋。布団《ふとん》はなく、各自に毛布二枚と枕《まくら》が用意されている。

わたしは感動した。大先生ならこうはいかない。下へも置かない扱いで、最高級の個室が与えられることだろう。編集者は四六時中気を遣い、緊張を強いられることだろう。

固い床で雑魚寝。わたしは、気の置けない仲間として認められているのだ。

これは皮肉ではない。ほんと。うれしいんだから。ほっほっほ。

船内を散策したいのだが、酔っ払っているのでその気力なし。実は料理屋のあとはバーになだれ込んで結構な量の酒を飲んでいるのである。

毛布を一枚床に敷き、その上でもう一枚の毛布にくるまる。ああ肩が痛てえ。尻《しり》も痛てえ。こんなの、いつ以来だよ。ぶつぶつぶつ。でも仰向《あおむ》けになると背筋がきりりと伸びた。おお、編集部は作家の健康面まで考えてくれているのか。なんという温かい配慮。泣けるなあ。ちなみに編集長は個室だと。

酒が入っているので難なく眠りにつくことができた。前回とちがって海も穏やかだ。二度目にして、船で寝ることに早くも慣れた。わたしは案外、旅に向いているのかもしれない。

福江行きスローボート

午前六時半、タロウ君に揺り起こされた。福江着は九時のはずなのだが。

「奥田さん、デッキで撮影をしたいので起きてください」

寝ぼけ眼《まなこ》で窓の外を見る。空は曇天だった。なによ、天気悪いじゃん。

「船が若松瀬戸に入ったんです。周りの景色がいいので……」

寝起きの悪いわたしを起こす以上、自信があるんだろうね。凄《すご》みつつ、渋々デッキに上がると、そこは水墨画の世界だった。

低く垂れ込めた雲の下、複雑に入り組んだリアス式の水路を、フェリーがゆっくりと進んでいく。

ワオ。日本にあったんだ、こういう場所。晴れればまた別の美しさがあるのだろうが、薄靄《うすもや》も相まって灰色の醸《かも》し出すグラデーションが絶妙だ。精霊が宿る島々。そんな趣がある。

ここって本当に平成？　タイムスリップしたような錯覚も覚えた。遣唐使船の寄港地だったころから、この風景は少しも変わっていない。空海が見た眺めなのだ。

両手を広げて深呼吸。空気がおいしい。

日本を好きになりますね。こういう景色との出会いは。日本人がコンペティティヴでないのは、自然の美に恵まれているからではないだろうか。そんな気さえする。競い合うのが馬鹿《ばか》らしくなるのだ。

五島に来るなら断然このフェリーですね。博多でおいしいものを食べたあと、乗船してひと眠り。そして早起きして、若松瀬戸で深呼吸するのだ。仕事なんかどうでもよくなること請け合いである。

各自どうでもよくなったところで下に降り、食堂で焼魚定食を食べる。豪華とはいえないが、六百五十円ならまずまず。どんな人が乗っているのかと食堂内を見渡すと、家族連れからビジネスとおぼしきグループまで雑多な顔ぶれだった。タロウ君がゆうべ聞いたところによると、客の中には、姪《めい》の結婚式に東京まで行ってきた親族十二人という一団もいるそうだ。いいなあ、そういうの。わたしも混ざりたい。きっと初上京という人もいるのだろう。

なまじ東京に近い地方より、こうしてすっぱり離れていた方が潔《いさぎよ》いのではないかと思う。日本の問題の大半は、東京の問題だ。離れれば離れるほど、急《せ》かされない日常と、人間本来の生活がある。徹夜で仕事をするなんて、やっぱりおかしいでしょう。人はもっとゆっくり生きるべきでしょう。などと自己を正当化しようとする、怠惰な小説家一名。

フェリーは五島列島の各港を経由し、その都度乗客が入れ替わった。風呂敷《ふろしき》を背負ったおばあちゃん、鞄《かばん》を抱えたセールスマン、島民はみな総じて柔和な表情だ。学生服姿の中学生が乗り込んできた。少年よ、船で学校に通ってるのかい？「ううん、眼医者へ行く」。そう。たんと診てもらうとええ。

福江行きスローボートという風情《ふぜい》ですな。着く前から、この島々が好きになってしまった。

午前九時、福江港に到着。静かなよい港である。レンタカー営業所のおねえさんが、プラカードを掲げて出迎えてくれた。福江島は広くて見所が多く、車が必要なのだ。営業所まで案内され、中型セダンをピックアップ。ついでにおねえさんから情報を仕入れる。

「昼食はここここ」と地図を指して力強く言うので、よほどのお勧めの店なのかと思ったら、町を外れるとこの二軒しかないのだそうだ。

国道384号線を西へ。カーラジオをいじると、クリアな韓国語の放送が飛び込んできた。ナントカカントカムニダ。そうか、ここは本州よりも朝鮮半島の方が近いのだ。済州島などご近所と言っていい。領土権、主張しないでくださいね。日本ですから。

二十分ほど走って、入り江を見下ろす高台に建つ水ノ浦教会に着いた。知っている人も多いだろうが（わたしは知らなかった）、五島列島には合わせて五十棟もの教会堂がある。ポルトガルのイエズス会宣教医アルメイダが一五五六年に布教して以来、弾圧をかいくぐりながら、キリスト教の信仰が密《ひそ》かに守られてきた土地なのである。

教会は出入り自由だった。観光地なのに立派。信仰の場とは本来そういうものだろう。きっと放課後は子供たちの遊び場になっているにちがいない。田舎のお寺と一緒なのだ。

教会に入ると、自然と背筋が伸びた。温かみのある木造のアーチ、鮮やかなステンドグラス。遥《はる》かな時間がここにはある。昔の五島の人たちは、キリスト像を見上げ何を思ったのだろう。なにゆえに、この地でキリスト教が熱烈に受け入れられたのだろう。

わたしは無信仰の人間だが、一度だけ神様でもなんでもいいからすがりたいと思ったことがある。十年前、神経症にかかり、のたうちまわるほどの苦しさを経験したのだ。あのとき誰かが手を差し伸べてくれたら、間違いなくわたしは救いを求めたと思う。それが宗教なら、信者になったと思う。どうにも解決できない問題は、一人で抱えるのはつらら過ぎて、何か教えが欲しくなるのだ。

平和で満たされていたら、人は新たな信仰など必要としない。弾圧されても、なおかつ隠れてまで祈ったということは、この一見のどかな島々に、よほどつらい現実があったのだろうか。キリスト教は、それほどまでに救いだったのだろうか。

わたしなんか拷問《ごうもん》に遭ったら即改宗である。死んでも守りたいものがあったというのは、逆に言えば、強く生きた証《あかし》だ。

教会のある高台からは美しい海と緑の山々が見えた。愛されていたから、こんなにいい場所に建てられたのだ。クリスマスと結婚式だけ便乗する日本人の大半は、少なからず恥ずかしい。柄にもなく、思索に耽《ふけ》ってしまいました。

車を駆り、今度は海岸沿いをドライブ。雲がばらけ、日が差してきた。道端のレンゲ畑がやたらと美しい。旅は天候ですね。青い空があると、景色がいきなり輝いてくる。心も弾む。

途中、「辞本涯の碑」の建つ公園で一休み。辞本涯とは、「日本の果てを去る」という意味。ここは遣唐使船の最後の寄港地だったのである。そうか、日本の果てか。海に向かって思わず両手を広げる。

天然の芝が足元にやさしい。若草の香りだ。どこかの猫が数匹、日陰で固まって昼寝をしている。五島では何もしないでいることを「てれんぱれん」と言うそうだ。その言葉、気に入りました。わが人生の指針は、てれんぱれんだ。

こんなところに書斎が欲しいものである。執筆しながら、ふと窓の外に目をやればそこは青い空と広い海。どうしてわたしは東京にしがみついているのだろう。今のアパートなど、近くを首都高速が走っているからうるさくて窓も開けられない。静寂と景観を求めて移住したところで、なんら不都合はないはずだ。

もっともここに住んだら仕事しないだろうなあ。猫の仲間入りをしそうだ。

「昼、何を食べますかねえ」タロウ君が言った。若いねえ、空と海を前にして飯の心配かい。でも腹が減ったので昼食をとることに。レンタカー営業所のおねえさんが教えてくれたレストランに行ってみると、いかにも観光地にありそうなドライブインだった。

テーブルにつき、「ぼくはカツ丼《どん》」とタロウ君。「あっしはトンカツ定食を」とケンジ君。

君たち、五島へ来てカツか。名物を食そうという探究心はないのか。と言いつつ、わたしもカツカレーを注文。なにやら肉を食らいたい気分なのである。

これが結構うまくて満足。男は肉だ、トンカツだ。旅に出たからといって、無理に名物を食べる必要はないのかも。

食後は「日本の水浴場88選」のひとつに数えられる高浜海水浴場へ。ここが実によい所であった。照りつける太陽の下、遠浅の海面がきらきらと輝いている。おまけに誰もいない。そうか、無人というのが、もっとも美しい景色なのか。

タロウ君がジーンズを脱ぎ、トランクス姿で海に入っていった。

「うひゃー。気持ちいい。もう泳げますよ」

そうだろうね。手を浸しただけでもわかるもの。おまけに澄んでいる。関東ではまずお目にかかれない海の色だ。

「奥田さんは入らないんですか？」とユカ編集長。

わたくし、本日はギャランドゥなビキニブリーフなので、またの機会に。

それにしても最近、海で泳いでないよな。最後に海に入ったのっていつだっけ。白い浜辺で考えを巡らせる。

なんと、二十八のとき、伊豆《いず》の海で素潜りの密漁をしたのが最後であった。

そんなものか、子供がいなけりゃ。レジャーと無縁なわたしには、消毒薬の臭《にお》いがするジムのプールがお似合いだ。

次は海パン持ってこようかな。そうなると、シェイプアップもしなければ。

この島に住みたくなった。仕事に詰《つ》まったら、平日の昼間、この海に来て一人で泳ぐ。疲れたら、木陰にハンモックを吊るして昼寝する。想像するだけで〝てれんぱれん〟な気分。

だからそれだと仕事しないって。

静かな波の音が、入り江の山にこだましていた。

嘘《うそ》はいりませんか？

景勝地巡りはなおも続く。福江は本当に見所が多いのだ。五島列島随一の景観を誇る大瀬崎断崖《だんがい》。ワオ。なんと壮大な眺め。岬の先端の灯台が、ケーキの上のホイップクリームのようにチャーミングだ。海をバックに白い塔が映えている。そこまでは山道を徒歩で往復四十分かかると案内板に書いてあった。

やめようね。遠くで見るから美しいってこともあるし。

そのあとは標高三百十五メートルの鬼岳へ。樹木のない、芝だけの大きな丘陵だ。頂に登るには二十分以上歩かなくてはならない。

これもやめようね。で、徒歩五分の展望台で済ませることに。

オー、ワンダフル。眺望もさることながら、丘全体が草地というのが素晴らしい。『大脱走』のマックィーンのようにバイクで駆けてみたくなる。勾配《こうばい》が緩やかだから、ハイキングにももってこいだ。

芝の上で大の字になって深呼吸。うーん。しあわせ。ここで暮らすとしたら犬を飼いたいな。誰もいない平日にここへ来て、思い切り走らせてやるのだ。柴犬《しばいぬ》がいい。目の細い、ハンサムな和犬が。

あれこれ生活の理想はあるのに、わたしは何も実行に移さない。いつも空想するだけだ。

何か変えてみるか。思い切って。多少の貯《たくわ》えはあるし、どこに住んでも小説は書けるし……。やらないな。来年も再来年も今のままだ。わたしのモラトリアムは年季がちがうのである。

全員ほどけきったところで、五島コンカナ王国内にある鬼岳温泉に行く。宿泊客でなくても五百円で入れるのだ。東京の銭湯代が現在四百円であることを考えると相当なお得。実際、利用者の多くは地元民といった感じだった。

露天風呂は鉄分が酸化して茶褐色に濁っている。なにやら体によさそう。湯船から顔だけ出した坊主頭《ぼうずあたま》のケンジ君が、いかにも絵になっていた。そういえばナントカ川のアザラシのタマちゃんはどうしてるんでしょうね。

時間が止まりますね。復帰、できるかしらん。かつての忙しい毎日に、わたしは戻れるのだろうか。

ま、いいか。

いいよね。

誰かいいと言ってくれ。

夕方、かのやんごとなき方もお泊りになったという、福江一のホテルにチェックイン。荷を解いたのち、ガイドブックに出ていた「か乃《の》う」という郷土料理の店に行く。生簀《いけす》のある本格的割烹《かっぽう》だ。

まずは島の名物、ハコフグの味噌《みそ》焼き「かっとっぽ」を注文。それ以外にも、お造りの盛り合わせ、五島牛のソテー、季節野菜のてんぷらなど。

ビールで乾杯。うー、生き返るぜ。しめたばかりというヒラメの刺身を一口。旨《うま》い。エンガワが一切れあったので素早く自分のものに。ほっほっほ。五島名物キビナゴはゴマダレにつけて食べた。こちらも美味。

ビールから冷酒に切り替えたころ、かっとっぽの登場。パチパチパチ。ハコフグは皮が硬いので、ボディがそのまま器代わりになるのだそうだ。皿の上で、逆さにされた姿がやけに哀れである。フグに生まれなくてよかった。

仲居さんが腹を開き、中の身を肝と一緒に混ぜていく。えっ。肝も食べるの？

「ハコフグは毒が弱いから平気なんですよ」

あ、そう……。

「あらら、まだ生焼けだ。もう一度焼いてきますね」

ち、ち、ちょっと……。

で、五分後に再び登場。箸《はし》を直接突っ込んで身をつまみ、口に入れると実においしいのであった。生姜《しょうが》とタマネギが利《き》いていて臭みがまるでない。身はぷりぷり。歯を押し返すほどの弾力がある。ガイドブックには珍味とあったが、万人に勧められる味でしょう。五島に来たらこれを食べるしかない。

「ぼく、フグを食べたのは初めてです」と二十五歳のタロウ君。

当たり前じゃ。わたしなど初フグは三十を過ぎてからだ。

わたしは編集者の何が気に食わないかといって、グルメなのがいちばん気に食わない。二十代の若者たちが、会社の金で接待を重ね、一丁前に「あそこの店の何々がうまい」などとほざくようになる。そういうのを見るとぶん殴りたくなってくる。

「じゃあ、次からはもっと安い店にします」とユカ編集長。

そういう話じゃないんですよ。

続いて五島牛のソテーに舌鼓《したつづみ》。うまかばい。取材と知った板さんが、タンの味噌漬けをサービスしてくれた。かたじけない。マスコミは得をすることが多いのです。

はー、食った、食った。前回の旅では帰京すると体重が二キロ増えていたが、今回も同じ道を歩みそう。でもいい。我が家には通販で買ったエクササイズ器具各種がある。

満腹になったところで町のスナックへ。通行人を捕まえて、「この近くでいい店ない？」と聞く弾《はじ》けっぷり。

教えられた「ＣＯＣＯ」というスナックに突入。女の子、わんさか。いいね、いいね。旅はこうでなくっちゃ。

ホステスはみな地元ガールズであった。若い娘さんは全国共通だ。おしゃれで、明るくて、そのうえ根は純である。

普段は何して遊んでるの？

「いろいろ。月に一度は長崎まで行くっとよ。一泊のホテル代込みの高速船往復チケットが一万円ちょっとであるけん」

ふうん。案外便利なんだ。小さな町だと、客も顔見知りばかりなんだろうね。

「さっき、中学のときの校長先生が来た」

あはは、さわられなかったかい。みんな身内みたいなものなのだ。

ガールズから五島の言葉を聞く。長崎ともずいぶんちがうらしい。可愛《かわい》いは「みじょかー」だって。

みんな、みじょかー。旅先でのスナック探訪がくせになりそうだ。

十二時まで飲んでお開きに。ホテルに戻り、パジャマに着替えると、部屋の電話が鳴った。ユカ編集長からだった。

「わたしの部屋でもう少し飲みませんか？」

うーむ。二人で、ということなのだろうか。なにやら声が色っぽかった気もするのだが……。一応歯を磨く。

行ってみるとタロウ君とケンジ君もいて盛り上がっていた。そりゃそうだ。何を考えているのだおれは。

酔っ払った勢いで、各自が身の上話をする。やや告白めいたことも。ふーん、みんなそうなんだ。

わたしも何か告白しないといけない雰囲気になってきた。仕方がないので、適当な作り話をしてその場をしのぐことに。

小説家を信じちゃいけませんぜ。楽しくて危険な嘘を売って歩くのが、わたしの商売なのである。

嘘はいりませんか？

福江の夜は、フェアリーテールとともにふけていくのである。

行くぞ、行くぞ、今すぐ行くぞ

朝、目が覚めると窓の外は灰色だった。天気予報では今日一日、降ったりやんだりの空模様らしい。五島列島に来て二日目は、生憎《あいにく》の天候になってしまった。

やや二日酔い。昨夜は、ユカ編集長の部屋で午前二時近くまで飲んでいたのである。そのユカ編集長は、午前九時福江空港発の飛行機で一人帰っていった。管理職はなにかと忙しいようだ。残されたタロウ君とケンジ君とわたしは、ホテルのロビーラウンジでコーヒーを飲みながらぐだぐだしている。あー、てれんぱれん。朝の撮影は、天気のせいですべてキャンセル。お天道様《てんとさま》には勝てませんやね。

さて、野郎三人で何しようか。そこの青年よ、おっかない上司もいなくなったことだし、パチスロでもどうだい。

「いえ、今日は島巡りの予定なので、午前十時半には港に行きます」

タロウ君は生真面目《きまじめ》な男なのである。

ホテルをチェックアウトし、レンタカーを返却し、福江港へ。あらかじめ予約してあった海上タクシーが我らを待っていた。海上タクシーとは、要するに船の個人タクシー。島民の足としても使われるが、通常は釣り客を乗せることが多いのだそうだ。舵《かじ》を握るのは、いかにも元漁師といった風情《ふぜい》のおとうさんだった。浅黒い肌からは潮の香りがしてきそう。ヘミングウェイの世界ですな。そしておかあさんが補佐役。夫婦でやっているのだ。

「無愛想な亭主ですが、腕はちゃんとしてますから」おかあさんがそう言って微笑《ほほえ》み、船に招き入れてくれた。

実にいい感じ。ヴィヴァ夫婦。こういう人生にわたしは憧《あこが》れるのです。空は雨模様だが、波はそれほど高くなかった。

出発進行。五島灘《なだ》を、高速クルーザーが突き進んでいく。空は雨模様だが、波はそれほど高くなかった。

「あ、イルカだ」とおかあさん。

どこどこどこ？　と色めき立つ我ら。が、身を乗り出したときはすでに海底に姿を消していた。うー、残念。おかあさんの話によると、このあたりのイルカは餌《えさ》をあげてないから素っ気ないのだそうだ。なるほど、ウォッチング用のイルカは餌目当てなのですね。

二十分ほどの航海で、まずは久賀島《ひさかじま》の五輪集落へ。ここには車道が通じておらず、船でしか行けない地域だ。うしろはすぐ山というロケーションに、住戸はたったの四つ。みなさん、漁業で暮らしている。

入り江に面した場所に、明治十四年建築、下五島最古の旧五輪教会があった。木造の落ち着いたたたずまいが、歴史を感じさせてくれる。管理しているおじさんの話では、古くなったので建て替えようと役所に連絡したら、壊す前日に役人が見に来て、その格式に驚いて待ったをかけ、急遽《きゅうきょ》国の重要文化財になったとのこと。

「一日遅かったら、なかったけん。あはは」おじさんは豪快に笑っていた。

ちなみにこの島は、もっともキリシタン弾圧が激しかった土地だという。明治元年にはわずか二十平米の牢獄《ろうごく》に二百人が八ヶ月にわたり監禁され、四十二人が命を落としている。

弾圧したやつ、誰よ。二十一世紀に聞いても頭にくる。地獄まで探しに行って腕ひしぎ十字固めをかけてやりたい心境である。

久賀島の次は奈留島《なるじま》の港へ。ここは何があるのかい？

「いえ、とくに何も」とタロウ君。

あ、そう。いいよ。せっかくだから上陸してやるよ。

傘をさし、入り江付近をぶらぶら。離れたところには教会や景勝地があるようだが、車がないのでパス。水鳥の鳴き声と汽笛ばかりが響く、静かな港町である。

役場の前を通りかかったとき、昼の十二時を告げるサイレンが鳴った。すると職員が一斉に建物の外に出て、自家用車に乗り込んだ。ああそうか、この島の人たちは自宅で昼食をとるのか。これぞスローライフ。正しい人生がここにはある。

ところでタロウ君、わたしも腹が減ったんだけどね。適当に食堂でも探して——。

「若松島の民宿へ行くと、ウニ丼《どん》が食べられますが」

おおウニ丼。わたしの大好物。

わたしはときどき自宅でもウニ丼を食べる。丼《どんぶり》にご飯を盛り、刻み海苔《のり》としその葉を敷き、二舟ぶんのウニを一挙に載せて醬油《しょうゆ》ダレをそろりとかけ、わしわしと食い進む（©椎名《しいな》誠）のである。日常の小さなしあわせ。これで一週間はもつ。

行くぞ。今すぐ行くぞ。というわけで、再び船に乗り若松島へ急行。ちなみに若松島より北は上五島と呼ばれる。南北に伸びる大小百四十もの島々の中間地点なのだ。

途中、白崎岬のキリシタン洞窟《どうくつ》を海上より望んだ。複雑に入り組んだ岸壁に真っ白なキリスト像が建っている。それは荘厳《そうごん》で圧倒される光景であった。

この地区の信徒たちは、迫害を逃れ、人里離れた岩窟に身を潜め、信仰を守り抜いた。ここがその地なのだ。岸壁の裏側にあるため、海岸からは発見されない。波が高い日は近寄ることもできない。追い詰められた末に得た最後の砦《とりで》だったのだろう。

悪天候のせいで、余計に悲しい場所に見えた。海上タクシーの夫婦も「初めて来たわ」と息を吞《の》んでいる。

再び弾圧したやつ、誰よ。キリスト教のいったい何を恐れたというのか。単に自分の意のままにしたかったというだけのことだろうに。

権力者は、いつの時代も愚かしい。

神部《こうべ》港に面した民宿「えび屋」で、ウニ丼の「倍盛り」を食べる。さすがに新鮮。とろけるよう。アラ汁も旨いぜ。はっはっは。東京のみんな、仕事してるかい?

「ぼく、ウニ丼を食べるのも初めてです」とタロウ君。

そう。ういやつ。味わってお食べ。今日はやさしいのである。

ここの港は、入り江に沿って豪華な屋敷がたくさん建っていた。海上タクシーのおかあさんに聞いたら、「昔はハマチ漁が盛んやったんよ」なのだそうだ。北海道のニシン御殿みたいなものか。漁業は一攫《いっかく》千金の世界でもあるのだね。

雑炊に人生を教わる

午後三時、若松港に到着。海上タクシーともここでお別れ。「また来てくださいねー」と手を振るおかあさんが愛らしい。チャーミングな熟年夫婦でした。

港には予約しておいたレンタカーが停まっていた。

「鍵《かぎ》はついてるから勝手に乗っていってください」というおおらかさなのである。いいなあ、五島。

「さて、どうしますかね。この島にも有名な教会や観光スポットがたくさんありますが」

タロウ君がガイドブックをめくっている。

いいよ。そんなに働かなくても。ジャパニーズの欠点は、旅に出ても貧乏性なことなのだよ。てれんぱれんで行こうじゃないの。パチスロでいいよ。編集長も帰ったし。

「じゃあ探してきます」

それはたとえ話。

少し早いが宿に行くことに。雨に濡《ぬ》れたので一風呂《ひとふろ》浴びたいのである。

釣り宿「潮騒《しおさい》」は若松島から若松大橋を渡り、中通島《なかどおりしま》を上五島空港に向かって四十分ほど走り、岬の北端を少し折れ曲がった所にあった。目の前はすぐ五島灘。東向きだから日の出が部屋から拝めるというナイスなロケーションである。

客は我ら三人のみ。好きに使っていいというので、わたしは海に面した六畳間と十二畳大部屋を合わせた広間を独り占めすることにした。

いつでも入れるという小ぶりな展望風呂で汗を流す。ふう。極楽。ジェットバスが筋肉と神経を解きほぐしてくれる。

部屋で畳に寝転がり、波の音を聞きながら、文庫本を読む。今回は永井龍男《たつお》の短編集を持ってきていた。

名文だなあ。たった三十枚で、読み手を別の世界に連れて行ってくれる。わたしもこういう小説を書きたいものだ。誰かの旅の友になりたい。二本読んで、居眠りしてしまった。これが旅の、贅沢《ぜいたく》であります。

午後七時、母屋《おもや》で夕食。事前にリクエストしてあったボタン鍋《なべ》の材料が並んでいた。猪《いのしし》はこの島のそこらじゅうにいるそうである。民宿なので鍋作りはセルフサービス。

「味噌《みそ》の加減、わからないんですけど」とタロウ君。

おれもおれも、と残りの二人。

仕方がないのでわたしが味付けをすることに。入れ過ぎたらお湯を足せばいいんだろう？　男は食い物でぐじゃぐじゃ言うんじゃねえ。

で、味見をするといい感じ。旨《うま》いじゃん。ほっほっほ。調理の天才かも。

ボタン肉は実に野生の滋味があった。体が内側から温まっていくのがわかる。臭みもなく、いくらでも腹に入りそう。おまけに肉と野菜の旨みが汁に染《し》み出て、鍋全体に深いコクがある。結構な量なのにたちどころに食べ終えた。

こうなると雑炊を作るしかない。すいませーん。生卵二個ください。卵が届くと、ニヒルなケンジ君がやおら腰を浮かせた。

「あっしにやらせてください」

おお、貴兄は雑炊奉行だったのか。

ケンジ君が、残り汁にお湯を足し、御飯を入れる。ふつふつと煮え立ったところで火を止め、溶いた卵をかけていく。軽くかき混ぜ、蓋《ふた》をして、心の中で数えている。そして蓋をとった。

「いいと思います」

なんだかうれしくなってきた。三人で競うようにして食べる。おおー。なんという旨さ。これだけでも五島に来た甲斐《かい》があったというものだ。

わたしは雑炊を食べるたびに、人間一人では生きていけないのだぞ、と自分に言い聞かせる。囲む仲間のいる心強さよ。

超満腹。動けません。「今夜はスナック、どうします？」とタロウ君。パス。何もしない夜があってもいい。

部屋に戻り、おしゃべりをしながら、でれでれとテレビを観《み》る。月も星も出ていないので、窓の外は真っ暗。都会で暮らしていると、夜の暗さを忘れてしまう。

蚊がいるね。蚊取り線香を焚《た》こうか。何年振りかで、芳《こう》ばしい匂《にお》いをかぐ。わたしは高層アパートの上階に住んでいるので、家に蚊がいないのである。

午後十一時、就寝。大広間の真ん中に布団《ふとん》を敷いて寝た。

深夜、突然右手の手刀部分に激痛が走り、目が覚めた。

何が起きたのかわからない。夢か？　夢じゃない。これまで経験したことのない、針でも刺したような痛みが確かにあるのだ。

右手を押さえ、布団の中で丸くなって堪《こら》える。感じとして、血は出ていないようだ。一瞬、痛風かと思う。旨いもの、食べ過ぎたから。馬鹿《ばか》な。あれは足の先に起きるものだろう。じゃあ何だ？

だんだん意識がはっきりしてきた。薄闇《うすやみ》の中で時計を見る。午前三時半だった。痛みに我慢できなくなったので、起き上がり、部屋の電気をつけた。

右手を見る。赤く腫《は》れていた。何かに刺されたのだろうか。布団をひっくり返すが、何も出てこない。

とりあえず洗面所へ行き、水で冷やした。それでも痛みは治まらない。

再び布団の中へ。しばらくすると、今度はじんじんと脈打つような痛みに変わってきた。ますます不安がこみ上げる。島だけに存在する幻の生物。人の体内に入り込み、細胞を蝕《むしば》む。それってエイリアンじゃん。今頃、体の中で動き回ってたりして。

ここで死ぬ？　そんなことまで考える。やだよ。来月、印税が振り込まれるんだぜ。どうしよう。救急車を呼ぼうか。でもそれはあまりに大袈裟《おおげさ》だし……。右手を押さえていたら、患部に正体不明の水分が噴き出ていた。ううっ。これ、なんなのよ。おかあさーん。

激しい痛みは夜が明けるまで続いた。じっと耐えていたら、睡魔が勝り、朝方少しだけ眠ることができた。

「ああ、ムカデ、ムカデ」

朝食の時間になるや母屋に駆け込み、宿のおばさんに腫れた右手を見せ、昨夜のことを話すと、奥の部屋から主人が大きな声で言った。「この季節は結構出よっとばい」

まるでゴキブリが出た程度の軽い調子である。

ム、カ、デ？　その瞬間、安堵《あんど》とともに痛みが半減した。よかった。幻の生物ではなかった。体内に入り込まれてはいない。人間、不明なことがいちばん怖い。正体がわかれば、少なくともパニックだけは解消される。

しかし五秒後、その姿を想像し、背筋が寒くなった。おれはゆうべ、ムカデと添い寝してたのか？　うげげげげ。

「ごめんね」おばさんがオロナイン軟膏《なんこう》を出してくれた。「天井とか、畳の隙間《すきま》とか、どこからでも入ってくるでね」

はあ、そうですか。

「多少の毒はあっても、大事には至らんけん」

そうですよね。ムカデで死んだという話は聞かないし。

「病院へ行かなくていいですか」タロウ君が心配してくれた。

いいんじゃない。原因がわかったせいか、痛みも急速に引いてきた。

気を取り直し、朝食を食べた。焼き魚に味噌汁という正しい日本の朝ごはんだ。とろろがうれしい。わたし、好きなんです。

「いってきまーす」

裏手から宿の子供の声が響いた。登校する時間のようだ。

うん、いってらっしゃい。たんと勉強して、将来は偉い人になっておくれ。

なにやら気持ちに余裕まで生まれました。

五島の恋は突然に

午前九時、荷をまとめ、レンタカーで宿をあとにする。あれだけのご馳走《ちそう》を食べて一泊の料金が一人五千五百円というから、すこぶる良心的な民宿だ。ムカデに咬《か》まれるという不運はあったものの、貴重な経験と思えばいい。もちろん人生初。痛いでっせ。みなさんもいっぺん咬まれてみ。

天気予報では、今日は晴れのはずなのに、一向に太陽は顔を見せてくれない。撮影が進まないタロウ君とケンジ君は困り顔である。

その点、物書きはらくでいいやね。いくらでも嘘《うそ》が書けるから。曇り空を晴天と言いくるめるなどお手の物。ムカデ？　本気にしたわけ？　ほっほっほ。いや事実ですが。

「午前中は、とりあえず教会を巡ろうと思ってるのですが」と運転席のタロウ君。

教会？　もういいんじゃない。わしら仏教徒だし。

「じゃあ赤岳断崖《だんがい》というのが景勝地らしいのですが」

崖《がけ》も飽きたなあ。

編集長がいないので我儘《わがまま》を言う小説家。元々わたしは観光に向かない男なのである。だいたいカメラを持って旅行したことが一度もないというのだから、横着を極めている。執着心、ないのだよ。物事全般に。

そうこうしていたら、雲の隙間から青空がのぞき始めた。それに合わせて気温も上昇してきた。うーん、いい感じ。五島はやっぱり青空が似合う島だ。おおい、すぐそこにきれいな海水浴場があるではないか。おいちゃん、そこで寝転んでるから、君たち勝手に撮影しておいで。

というわけで、誰もいない海辺で、一人てれんぱれんすることに。休憩所のコンクリートに横になり、文庫本を広げる。

海からのそよ風が心地よい。波の音も、心を鎮《しず》めてくれる。空では鳶《とんび》が舞っていた。移住、本気で考えようかな。これだけの自然があれば、多少の不便は我慢できる気がする。それに、わたしは便利さなど求めてはいない。若い頃とはあきらかにプライオリティが変わった。わたしが欲しいのは、ゆとりある時間と、お金をかけなくても豊かでいられる毎日だ。ブランド品なんて、ただでもいらんのよ。

昨夜は寝不足なのですぐに瞼《まぶた》が重くなった。文庫本を胸に載せ、目を閉じる。うつらうつら。でも眠りかけると、すぐ意識が引き戻された。

ムカデに咬まれた右手が、またうずき始めたのである。患部を見る。げっ。朝方より腫れがひどくなり、全体が紫色になっている。おい、本当に大丈夫かいな。

二人が戻ってきたので、痛みのことを話すと、ケンジ君が「咬まれた直後は、安静にしていたから毒が回らなかったのかもしれませんね」と静かに脅してくれた。一理ある。こっちも活動を開始して、毒素も動き始めたのだ。ううっ。不安。

大事には至らないと思いつつ、安心したいので病院へ行くことに。探したら、すぐ近くに「上五島病院」という真新しくて大きな総合病院があった。「長崎県離島医療圏組合」という看板の文字が頼もしい。なんだか良心的なドクターが揃《そろ》っていそうである。

受付で診察を申し込み、十五分ほど待って「中央処置」の部屋に招きいれられた。問診をするのは三十代半ばとおぼしき、やさしそうな女医さんだ。

がーん。わたしの好みのタイプであった。視界にぱっと花が咲く。心の中で鐘が鳴り響く。まるで映画『トラック野郎』一番星シリーズですな。

「そう、東京からいらしてムカデに咬まれたんですか。とんだ五島の旅になりましたねえ」

女医さんが明るく言った。丸い笑顔がとてもチャーミング。全体が愛らしい。左手の薬指を見たら、そこに指輪はなかった。

「それじゃあ血圧を測りましょうね」

ぼ、ぼ、ぼくと結婚してください。この島で暮らします。職業は小説家です。

「上が百で下が八十。正常ですね」

憎まれ口も叩《たた》きますが、本当は素直です。自分でそう思います。

「腫れもひどくはないし、湿布をすればすぐに引くでしょう」

怠け者ですが、今日から心を入れ替えます。その気になればやる男なんです。

「じゃあ×番窓口の外科の前でお待ちください」

あ、あの、よかったらメールアドレスでも交換しませんか。

「はい、次の患者さんどうぞ」

……わずか五分の恋物語でありました。

くーっ。通院しようかなあ。タロウ君、おれを置いて帰ってもいいよ。東京のみんなによろしくね。

右手の痛みを忘れていた。馬鹿だね、おれも。はは。

日本国民よ、五島を見て死ね

右手に大袈裟な包帯が巻かれたところで「船崎」という地区へ。ここの製麺所《せいめんしょ》で、名物五島うどんをごちそうになるのである。タロウ君が事前取材をしていて、うどん打ちの名人のご婦人グループを捜し当てた。電話で話を聞くうち、「なら食べに来んしゃい」ということになったのである。なんでも作った麺は一般に流通しておらず、個人的つながりで直販されるか、地元の特産品販売店に卸されるのみらしい。ゆえに東京者が食べられるのは貴重な体験。

場所がわかりにくいのと、ご婦人方の言葉が理解しづらいだろうということで、町役場観光課の職員が先導してくれた。何かの拍子で我らが取材に行くことが知れ、親切に案内役を買って出てくれたのである。

「五島うどんは遣唐使船によって中国から伝わったものでして、つまり日本のうどんの元祖なわけなんです」

ほほう。職員の言葉にうなずく。それは由緒《ゆいしょ》ある名産品ですね。

「でもわたしは、倭寇《わこう》がさらってきた中国人に作らせたのが最初じゃないかと、ひそかに睨《にら》んでるんですがね」

倭寇？　じゃあ、船崎の人は倭寇の末裔《まつえい》……。

「確かな文献があるわけじゃないんですが」ここだけ声を潜めていた。

いいなあ、こういう話。わたしが倭寇の末裔なら大いに自慢する。歴史を現在の基準で裁いてはならない。五百年以上前、上五島には、大海原に漕《こ》ぎ出した勇者たちがいた。

倭寇が愛した日本最古のうどん。それが五島うどんだ。

尾道《おのみち》を思わせる細い坂道を徒歩で進むと、山の斜面に目指す民家があった。出迎えてくれたのは三人のおかあさんたちだ。日当たりのいい座敷に案内された。

「たんと食べてってねー」

みなさん明るい。船崎のかしまし娘、いやキャンディーズといったところか。テーブルに並べられたのは、鍋《なべ》に入った釜揚《かまあ》げうどんと、カラス貝を炊《た》き込んだオニギリ、そしてうどんの切れ端を使ったサラダ。

早速うどんから食べる。アゴ（トビウオ）でだしをとったツユに浸し、細い麺を口に運ぶと……。

おお旨《うま》い。滑らかで腰があって、噛《か》むうちに味わいが深くなる。なによりツルッとした食感が抜群にいい。いくらでも食べられそうだ。感動した。このおいしさは讃岐《さぬき》や稲庭《いなにわ》と肩を並べるでしょう。日本三大うどんのひとつに数えていい。

五島うどんは手延べで（切るのではなく延ばす）、五島特産の椿油《つばきあぶら》を使うため、独特の腰が出るのだそうだ。だから簡単には延びない。湯に浸《つ》かったままで、いつまでも最初の食感が保たれるのだ。

おかあさんたちは、注文があると朝の四時から作り始めるらしい。薄力粉と強力粉を練って、打って、細い竹竿《たけざお》に8の字に巻きつけて、延ばす。重石《おもし》をつけ、日陰に干す。そうやってすべて人の手で作られるのだ。これって日本の良心だと思う。商売っ気、ないもの。

三人は幼馴染《おさななじ》みで、ほとんど姉妹のような付き合いだそうだ。きゃあ、きゃあ、きゃあ。終始とってもにぎやか。見ているこちらまで楽しくなってくる。

ええと、本当はおかあさんたちの言葉で伝えたかったんですけど、役所の人の言うとおり、半分も聞き取れませんでした。いい響きなのに残念。五島の言葉は耳にやさしい。

「この人、氷川《ひかわ》きよしに似てるわあ」

若いタロウ君がもてていた。似てるかなあ。でも気に入っていただけたのならうれしい。電話をくれたときは「オレオレ詐欺《さぎ》」じゃないかと警戒していたと、けらけら笑って話してくれた。

おかあさんたちはわたしの母と同年代だった。またしても肩を揉《も》みたくなる。母の世代全体に感謝。長生きして、おいしい五島うどんを作り続けてください。

オニギリもサラダもおいしかった。お土産に五島うどんの乾麺までいただいた。

許す。感激するなあ。旅先で人情に触れると、その土地のすべてが好きになる。ムカデよ、

うどんも旨いし、さっきの病院、通院しようかなあ。船崎の坂の上の民家で、そんなことを思う、怠惰な小説家なのです。

帰りの長崎行き高速艇まで時間があるので、若松瀬戸を望む龍観山《りゅうかんざん》展望台で、最後のてれんぱれん。空はいつの間にか雲ひとつない晴天になっていた。

この見事な眺めよ。石垣の上、わたしはスーパーマン立ちする。紺碧《こんぺき》の海に浮かぶ緑の島々。無数の入り江と岬とがおりなす自然の美。ブラボー。日本国民よ、五島を見て死ね、だ。

頭のすぐ上で、鳶が羽を広げて浮かんでいた。ピーヒョロと透き通るアルトで鳴いている。

お、美声だね。歌は得意かい。そうやって、これからもここへ来る旅人の耳を楽しませておくれ。祈りの島の楽隊でいておくれ。

「奥田さん、長崎でちゃんぽん食べて帰りましょうね」とタロウ君。

黙らっしゃい。おのれは食うだけか。

わたしは鳶に合わせ、両手を広げた。少し体が浮いた気がした。
五島の空が、吸い込まれるような青さだったのだ。

第三便　名もない小説家、ひとりたたずむ

宮城・牡鹿《おじか》半島篇

せめて、ひつまぶしを

鰻《うなぎ》は焼くに限るよね。香ばしいし、旨《うま》みが濃いし。

東京の蒲焼《かばやき》には一度として満足したことはない。どんな老舗《しにせ》だろうと、極上の天然物だろうと。蒸した鰻は柔らかすぎて、食った気がしないのである。

いや、もちろん東京でも食べますよ。鰻は好物だし、精もつくし。

でもね、岐阜生まれのわたしは、根っこが東海人なんですな。虎《とら》の縞《しま》は洗っても落ちない。生まれて十八年間育った環境というのは絶対だ。味噌《みそ》は赤味噌で、焼肉はとんちゃんで、野球はドラゴンズ。そして鰻は断固〝蒸し〟なしの〝焼き〟なのである。

何の話かって？　わたしは今、名古屋でひつまぶしを食べているのですよ。蓬莱軒《ほうらいけん》。マスコミ等でも有名な老舗中の老舗。一面に敷き詰められた蒲焼の贅沢《ぜいたく》なこと。これがまた旨くってね、ほっほっほ。しあわせを嚙《か》み締めてるわけ。新幹線に乗って食べにくる価値はあるね。熱田《あつた》神宮でお参りして、蓬萊軒でひつまぶし食って、ナゴヤドームで野球観戦。ドラゴンズ・ファン、充実の一日ですな。

はー、そろそろ試合開始の時間か。タロウ君、内野の指定席は押さえてあるんだろうね。今夜の先発は川上憲伸《けんしん》だってさ。こりゃあ楽しみだ。

「奥田さん、ご冗談を。乗船は午後六時半ですから、早く食べてください」

あ、そう……やっぱり。せっかくの巨人戦なのに、素通りときたもんだ。

みなさん、聞いておくれ。わたしが名古屋に来た訳はただひとつ、仙台行きの船に乗るためである。「港町に船で入る」という当初の企画趣旨に忠実な編集部は、「名古屋→仙台」という航路を探してきて、無理矢理日程を組んだのである。

二十一時間、だと。名古屋から仙台までの航海時間。丸一日じゃありませんか。

あのね、東京から仙台までは東北新幹線で一時間四十分程度なの。日本地図、見たことある？　なにが悲しくて名古屋経由で行かねばならんのよ。

「言い出したのはユカ編集長なので、文句は編集長に言ってください」

いいねえじゃねえか、その言い出しっぺが。忙しいだと？　おれは暇なのか？

なんか軽く見られてる気がするね。そういうのに作家はとても敏感なわけ。この前なんか、新潮社から届いたパーティーの案内状、宛名《あてな》が「奥田秀朗様」だもんね。立派な毛筆だから威圧感あるわけ。字、間違えてるくせに。出欠の返事なんか出しませんでしたよ。ええ出しませんとも。そういえば、某小説誌の次号予告も「奥田秀朗」だったなあ。おまえら人の名前くらい覚えろ。まあいいんですけど。

名古屋に行くならせめてひつまぶしを食わせてほしいと言ったら、その要求だけは通った。

遠回りと引き換えの、ひつまぶしである。せいぜい味わうとしましょうか。どうせわたしは、鰻で釣れる程度の作家なのである。ぶつぶつぶつ。

とまあ、いじけるのはさておき、ひつまぶしは、お櫃《ひつ》にまぶして食べるからひつまぶし。一膳《いちぜん》目はそのまま、二膳目は薬味（わさび、浅葱《あさつき》、海苔《のり》）を混ぜて、三膳目は薬味を載せてお茶漬けにして食べるのが定石とされている。

どの食べ方も、味が濃くて旨い。もう十年以上、世間には「さっぱり」信仰がはびこっているので、しっかりした味はかえって新鮮だ。そしてお茶漬けでも旨いというのは、皮の歯ごたえが残っているからである。「舌でとろける」信仰も困ったものですね。うなぎは穴子とちがって舌でとろけちゃいけないのだ。蒸した関東のひつまぶし、邪道だと思います。言っちゃうね。ひつまぶしは名古屋で食わなきゃ意味がない。

三膳も食べるとさすがに満腹である。でももう一膳分あるんです、大盛を頼んだから。わたしはすっかり忘れていた。名古屋の大盛は、本当に大盛なのだ。東京の気取った盛りとはわけがちがうのだ。

うう っ、苦しい。前菜にう巻きと地鶏《じどり》でビールを飲んでるし。

タロウ君、完食。カメラマンのシンゴ君、完食。若いやね、お二人とも。わたしはギブアップ。大好きなうなぎを残すなんて、実に無念である。

大女将《おおおかみ》が挨拶《あいさつ》に現れた。「ご満足していただけましたかなも」。おお、久しぶりに聞いた「なも」。上町の名古屋弁が耳にやさしい。タモリのせいで一時笑いネタとなった名古屋弁だが、生で接するととても美しい言葉だ。流れるようなメロディがある。お茶を飲みながら、少しおしゃべり。蓬莱軒のてり（たれのこと）は明治からの変わらぬ味で、空襲も伊勢湾《いせわん》台風もくぐり抜けた兵《つわもの》らしい。

ドラゴンズの選手は来るんですか？　そんなことを聞いたら、なんと、大女将のお孫さんの亭主が元中日の選手であることを知らされた。現在は球団で監督付広報をしているという。

知ってます！　松永幸男でしょ？　与田の同期で男前のピッチャー。神宮球場でもよく見かけますよ！

すいません、マニアックな会話で。でもって大女将、何を勘違いしたのかわたしを孫婿《まごむこ》の知人と思ってしまったらしく、勘定はいいと言い出す。いや、知ってるっていうのは、ファンとして知っているということで……。

でもビールとつまみの分をサービスしてもらう。ほっほっほ。ドラファンの心はひとつなのであります。

来てよかった。ディスカバー名古屋。ちょくちょく訪れることにしよう。

長い航海のはじまり

午後七時、暮れなずむ名古屋港に到着。乗船する太平洋フェリー「きたかみ」の大きさに圧倒された。全長約一九〇メートル、総トン数一万四〇〇〇トン、旅客定員八〇〇名以上という、わが国最大級のフェリーである。

どうせ徒歩乗船は我々ぐらいだろうと思っていたら、待合室から船に向かう通路には結構な数の家族連れや熟年夫婦や若者グループがいた。名古屋の人には馴染《なじ》みの航路らしい。パック・プランを使えば三〜六名用の客室が二万七千円で貸し切れるので、旅費としては激安である。時間のある人には優雅な船旅だ。無料の麻雀《マージャン》ルームもあるし。うん？　ということは、ずっとマージャンをしていれば雀荘代より安い……。名古屋の学生さんは考えてもいいのではないか。

船の内部はちょっとしたホテル並みの豪華さであった。ふかふかの絨毯《じゅうたん》に、清潔感あふれるインテリア。日本の客船としては最上位にランクされるのだろう。

我々の部屋は二段ベッドがふたつ並ぶ一等室だ。また合い部屋？　作家を淋《さび》しがらせないという編集部の配慮なのか。わたしは個室で全然平気なんだけどね。

午後八時、定刻どおり出港。天気は全国的に曇りまたは雨だが、海は荒れていない様子だ。派手な汽笛が鳴った。船旅の情緒は満点だ。

デッキに出て港の夜景を眺める。港をバックに乗客たちが記念撮影をしていた。あらためて見ても客層は雑多だ。

日本っていい国ですね。ふとそんなことを思った。富裕層でもない一般庶民がこれだけ旅を謳歌《おうか》している国というのは、世界でも数ヶ国しかないだろう。その代償として、避暑地も景勝地もすべて大衆化してしまったが、それは日本人が選んだ道だ。金持ちだけがいい思いをする階級社会よりははるかにいい。

デッキの端っこで、盛りのついた、頭の悪そうなカップルがべたべたにいちゃついていた。非常に見苦しい。こらァ、下々《しもじも》は出歩くんじゃねえ。うそです。みんなで、旅しましょう。

港湾内にかかる、ライトアップされた橋の下をくぐる。これが壮観。船の高さぎりぎりではありませんか。デッキにいた全員で見上げていた。今、この時間、地球上の何人が船に乗っているのだろう。見当もつかないが、わたしはそのうちの一人だ。

出港すると、いきなり暇になった。なにしろ到着までの二十一時間、やることがないのである。

麻雀やりてー。でも三人だし。タロウ君よ、誰か一人、都合をつけておいで。

「わかりました。誰か探してきます」

待て。冗談だって。

船内のラウンジでショーがあるというので行ってみる。百人以上入れそうな豪華なラウンジだ。ダンスフロアとミラーボールもある。ステージにはギターとピアノのデュオがいた。なかなかうまい、と言うより一流の腕前だ。三十代後半とおぼしき男性二人組で、いかにもキャリア豊富といった感じ。

どういう人たちなんだろう。失礼ながら興味がわく。ジャズ・ミュージシャンとして活動していたが、子供が生まれたのを機に地元の音楽事務所に入り、結婚披露宴や各種イベントで演奏するようになった。この船には派遣されて来た。そんな感じかしらん。それとも、若い頃はロックでブイブイ言わせていて、生活のため堅気になったのだろうか。

演奏される曲は、いわゆるイージーリスニング。年配の客が多いので当然である。でもアンコールの一曲で、いきなり白熱のインプロヴィゼイションを披露した。ワオ。この激しさはなんなのだ。やや場違いかも。やっぱり音楽家の血が騒いだのでしょうか。

ステージが終わると、ラウンジの外に二人で並び、笑顔で客を見送っていた。腰の低いミュージシャンである。

この船は、仙台のあとは苫小牧《とまこまい》まで行く。その間もきっと演奏するのだろう。そして復路も。『海の上のピアニスト』という映画を思い出した。海の上の人生というのも悪くない。

部屋に戻り、テレビでスポーツニュースをチェック。中日対巨人は中日の負け。観《み》なくてよかった。

二段ベッドの下で横になったら、早くも眠くなってきた。まだ十一時にもなっていない。

いいか。到着は明日の午後五時で、時間は腐るほどあるのだ。ベッドのカーテンを閉め、壁の蛍光灯を消す。左右が狭くてマットは硬いが、よい姿勢を保てるので案外快適。今年、船で寝るのは三回目だ。いい経験ですね。十年もしたら、きっと懐《なつ》かしむのだろう。

特技は船で熟睡

午前七時、目覚めると波しぶきの音が船内に響いていた。ベッドから抜け出て窓の外を見る。空も海も灰色だった。あーあ、天気がよくないと船旅は意味がない。

それにしてもよく寝た。寝つきの悪いわたしなのに、ここ数ヶ月、ずっと快眠生活が続いている。規則正しい生活をしていることもあるが、いちばんの原因は小説を書いていないからだ。

三ヶ月、小説の締め切りがない。なんちゅうか、ああこれが人間のあるべき日常なのではないか、と思ってしまったんですね。もちろん生活がかかっていたらこんな余裕をかましていられるはずはなく、通帳残高を眺めながら計算し、逃げ回ってるわけなんですけど。小金とはいえ、お金があるっていい。ほっほっほ。きっとわたしには野心がないのだ。

食堂がまだ開いていないのでテレビを見る。洋上なので映るのはBSのみ。ニュース番組がイラク情勢を伝えていた。またテロがあったらしい。世界は大変だ。人がばんばん死ぬ。腰抜けと言われようと、日本は非戦で行きましょうね。

八時を過ぎて、タロウ君とシンゴ君がベッドから起き出してきた。彼らはわたしが寝た後、ゲームコーナーで遊んでいたらしい。

「夜中、結構揺れましたね」とシンゴ君。全然気づかなかった。船で熟睡するのがわたしの特技になってしまったようだ。

朝食をとるため船内のレストランへ。ここでの食事は朝昼晩とバイキングだ。和食の気分なので、ご飯に味噌汁《みそしる》、納豆に焼き魚などをピックアップ。生卵をかけて、ご飯をかき込む。うー。わたしはこれでエンジンがかかるのです。おかわりをよそいに行くと、女子従業員が笑顔で盛ってくれた。美人だね。たんと盛っておくれ。

船のスタッフたちはみなきびきびと働いている。女の子たちは全員二十代前半といった感じだ。彼女たちは二十日間連続で船に乗って、十日の休みをとるというユニークなシフトで働いている。毎月ゴールデンウィークがあるみたいだ。地上職と乗船職は分かれていて、ほとんどの人は結婚を機に退職するらしい。

なんでこんなことを知っているかというと、タロウ君が一人の女性従業員を捕まえて根掘り葉掘り聞いたからである。編集者の鑑《かがみ》ですな。わたしにはできません。人に立ち入らないというのが、染み付いてしまっている。

食後、一人で風呂《ふろ》に入る。三階デッキにある展望大浴場は、外側の壁一面がガラス張りだ。ワオ。これで港に着いたらフリチン姿を目撃されるわけですね。女風呂も一緒だろうか。併走する漁船が接近してきたりして。

湯船につかり、窓の外を眺める。眺望は抜群だ。晴れていたら房総半島が見えることだろう。そう。まだそのあたりなんですね。仙台は遠いのだ。

風呂から上り、コイン式のマッサージチェアに揉《も》まれる。気持ちよいのだが、疲れを掘り起こしてしまった感じも。

まだ九時。あと八時間ある。やることねー。タロウ君とシンゴ君は寝ている。仕方なく一人で船内をぶらぶら。ミニシアターで映画が上映されるというので行ってみた。プログラムは『A.I.』。オスメント君主演のスピルバーグ作品だ。

観たことある映画だしなあ。さして面白くなかった記憶があるしなあ。でもすることがないので観ることに。

三十分で飽きる。暗いストーリーだし、画像も暗いし。船側はもう少し理屈ぬきに楽しめる映画を選んではいかがか。『タイタニック』とか、『ポセイドン・アドベンチャー』とか、『Uボート』とか。あはは。

途中で退出し、向かいのゲームコーナーへ。十五年ぶりぐらいにテレビゲームをやる。爆撃機でミサイルを発射して得点を稼ぐゲームだ。一回で飽きた。

わたしは大人になってから、この手のゲームを面白いと思ったことがない。スーパーマリオ大流行の頃、やったことがないと言って珍しがられたことがある。興味が湧《わ》かないのだ。

エントランスホールでテレビを眺める。いるのはわたし一人だけ。イラクの爆破テロ事件をまた報じていた。みなさん命は大切に。

まだ十時半。みんなどうしてるわけ？　日本人って、こんなにじっとしていられる民族だっけ。

今日の新聞でも読むか。でも船の上なのであるわけがない。ううっ、退屈。

やっとのことで十二時になり、レストランで昼食をとる。カレーライスとそうめん、サラダにフルーツ。カレーがおいしい。懐かしいそば屋のカレーの味だ。

天気がよくなってきたので、いちばん上のデッキへ。ウー・ラアー。いい眺め。一面の大海原。スクリューの立てた航跡が後方に延々と続いている。海は見ていて飽きない。すべてに表情があるからだ。デッキにいた老夫婦に、写真を撮ってくれませんかと頼まれる。よろこんで。ついでに肩でも揉みましょうか。

船内に戻り、展望通路でベンチシートに寝転がって文庫本を広げる。持ってきたのは『スタインベック短編集』。買ったまま長年積んであったのでリュックに詰め込んだのだ。

正直なところ外国文学はよくわからない。ノーベル賞作家と言われると、「これが文学なのか」と思うが、事前のインフォメーションが一切なかったら、「つまんねー」と言ってしまいそう。要するに、わたしには文学を解する素養がないんですね。謙遜《けんそん》ではなく。

日本の小説にしたところで、五冊に三冊の割合で挫折《ざせつ》する。上下巻のような長編になると、よほどのことがない限り読破できない。読書に関しては、興味があるものしか読めなくなっている。漫画ですら途中で投げ出すのだ。

スタインベックは二編読んでおしまい。感想はよくわからん。はは。これでも作家。まだ二時。おーい、降りるぞー。停めてくれー。そうはいかないのが船である。

話すことがいっぱいある恋人同士向きですかね。わたしもそういう時代に乗りたかったものです。

海を見ながら小説の構想でも練りますか。頓挫《とんざ》したままの長編もあることだし。何も浮かばない。ここで浮かぶようならとっくに書いてるって。

窓から差し込む日を浴びながら、ベンチで昼寝。シートの硬さがちょうどよくて、熟睡してしまう。目が覚めたときはいっぱいよだれを垂らしていた。

なんとか三時。あと二時間。ふう。何もしてないのに疲れてしまった。

「お」のつく作家といえば……

午後五時、やっとのことで仙台港に到着。きれいな夕焼け空が出迎えてくれた。宮城県は十数年振り二度目。以前は仕事で仙台市内を移動しただけなので、この先はすべて初めての地だ。

タクシーで塩竈《しおがま》に移動。たぶん町いちばんと思われるホテルにチェックインし、荷を解く。「晩御飯は寿司屋《すしや》を予約します」とタロウ君。なんでも塩竈は生本マグロの水揚げ日本一の港町で、コンビニより寿司屋の数の方が多い地域らしい。望むところじゃ。寿司を食べるのはマイ・フェイヴァリット・シングスです。部屋の窓から町を眺める。目の前が本塩釜駅だから、きっと繁華街ということになるのだろう。素朴でよい雰囲気。こういうスモールタウンを舞台に小説を書きたいものだ。映画『ファーゴ』みたいなせこい犯罪物がいいですな。

ガイドブックにも出ている「大入寿司」という店に行く。カウンターの中にいるうら若き姉妹は、親方の娘さんたち。女性の板さんとは珍しい。鉢巻姿もキリリとして、おぬしできるなという感じ。

奥の座敷に通してもらい、まずはビール。つまみはウニと白身魚。うほほ、この甘み。三陸の恵みであります。地酒に切り替え、まぐろづくしとおまかせの握りも注文する。

まぐろがやっぱり旨《うま》いですね。大トロのとろけるような舌触りもさることながら、赤身がしっかりしているもの。

最近わたしは、マグロは赤身が好きになった。通ってやつですかい。

地物のタコも絶品。柔らかくて味わい深くて。ふうん、タコって旨いんだ。

ついでに言うと、シャリも海苔《のり》もおいしい。わたしのような素人《しろうと》にも、真面目《まじめ》な仕事振りが伝わってくる。

ちなみにおまかせ握りは特上のネタを使った十二貫で六千三百円。港町の寿司屋の値段がリーズナブルなのにはいつも感心する。きっとお客さんが自分のお金で食べるからだろう。銀座の高級寿司店とは商売相手がちがうのだ。

ここで女将《おかみ》さんが色紙を持って登場。「先生にサインを」だって。オッオー。タロウ君が撮影許可を得るとき、作家同伴であることを話したらしい。わたしのことは知らない様子なので、店側も気を遣っているのだろう。無視すると怒り出す有名人もいるしね。

初めての色紙サイン。大先生になった気分ですな。奥田英朗と申します。こう見えて、小説家なんです。

満腹になったところでホテル近くのスナック街へ。なんか知らんが、この一帯はスナックだらけなのである。通りにはタクシーがずらり。店のネオン以外は闇《やみ》で、ちょっとした異空間に紛れ込んだ感じ。

タロウ君が通行人を捕まえては、「お勧めのスナックはないですか」と聞きまくる。この青年は、そばにいて恥ずかしくなるくらい、いきなり人に声をかけるのだ。取材記者としては天性の素質か。人としてはともかく。

ホテル近くのスナックに入り、ボックス席に陣取る。女の子二人きりのこぢんまりしたお店だ。

「こんばんはー。ユカと申しますぅ」と三十ぐらいのホステスさん。

どこかで聞いた名前じゃのう。代わりにしばいたろかい。まあ飲んでください。

なんでこの町はスナックだらけなの？

「さあ、考えたこともない。昔からそうだから」

塩竈の人はスナック好き。そういうことにしましょう。

ホステスさんがシンゴ君のカメラを見つけ、あれこれ聞いてくる。出版社の人間とわかると、自分は本好きだと言い出した。

「京極夏彦《きょうごくなつひこ》でしょ、桐野夏生《きりのなつお》でしょ、あと浅田次郎なんかも好き」指折り数えている。

へー、読書家なんだ。「お」のつく作家だと？

「大沢在昌《ありまさ》？　あ、好き好き」

それは素晴らしい。じゃあ飲みましょうか。カンパーイ。

ある夏の夜、名もない小説家が一人、宮城県の塩竈にいました。その男に関心を示す人は誰もいませんでした。

それが旅だ。わたしはそういう旅の匿名性《とくめいせい》が、結構好きだ。

日本一の朝ごはん

朝起きて伸びをすると、首の筋にキリリと痛みが走った。いててて。そんな兆候はあった。昨日、船に乗っているときから、背中から首にかけて疲労を感じていたのだ。

もう歳《とし》じゃわい。名古屋↓仙台間、二十一時間の船旅だと。よくもまあそんなコースを作家に押し付けたものじゃ。編集部はわたしを何だと思っているのか。

宮城県に上陸して二日目。まだ陸地にいる時間の方が短いという旅であります。

バスルームに入り、首筋に熱いシャワーをあてる。血行をよくするためですね。いやだいやだ。若くないって。ぶつぶつぶつ。

ロビーに降り、ホテルをチェックアウト。朝食は市場で食べる予定なのでパス。缶コーヒーだけ飲んでタクシーに乗った。

「今夜は鮎川《あゆかわ》で鯨料理を食べる予定です」とタロウ君。もう晩飯の話かい。じゃあ朝と昼は軽めに済ませるとしますか。

十五分ほどで塩釜《しおがま》水産物仲卸市場に到着。見るからに活気がありそうな、東北地方有数の魚市場だ。売り場の広さは四九五〇平方メートル。店舗数は三百六十七店。観光化されたお土産市場ではない、プロの仕事場だ。

中に入ってぶらぶら散策。業者の買出しはすでに終わったらしく、場内にはゆったりとした空気が流れている。一仕事終え、店の中で朝食を食べている人たちもいる。

ふうん、何を食べてるんですかね。首を伸ばしてのぞく。年配のご主人が、マグロの切れ端を熱々のご飯に載せ、醤油《しょうゆ》をたらしてかき込んでいる。うまそー。別の店では、おかあさんがテーブルコンロで味噌汁を作っていた。なんともいい匂《にお》い。佃煮《つくだに》をおかずにご飯を食べているだけでも、やたらとおいしそうに見える。

いいね、いいね。これが日本一正しい朝食ではないか。日の出前に起きて、体を使って声出して、いい具合に腹が減ったところで朝ごはん。旨いに決まっている。

どうしてわたしはそういう人生を歩まなかったのか（↑またこれかよ）。昼近くにごそごそ起き出して、冷蔵庫を開けてトマトジュースを飲む。ないときは水。そのまま机に向かう。腹は減るが、正しく減らない。一日に二度、何か食べなくてはと思い、適当なものを詰め込むだけだ。

つまんねえ人生。面白いのは文章だけだ（自己申告）。

おなかが空《す》いたので食堂を探す。場内にもあるが、うどんやカレーのスタンドだけ。

外に出て通りを見回すと、いかにも市場で働く人相手の大衆食堂が数軒あった。

どこでもいいか。まずけりゃこの場所でやっていけるわけがない。

適当に選び、暖簾《のれん》をくぐる。壁に張ってある品書きを見て、やや拍子抜けした。魚料理がないのだ。カツ丼《どん》とか、フライ定食とか、そういうのばかり。日替わり定食も、聞けば串《くし》カツだという。あらま。当てが外れたね。

シンゴ君がカメラ機材を担《かつ》いでいるので、店のおばさんは、我々を市場の取材に来たマスコミ関係者と察したらしい。「すいません。魚料理はとくにはやってないんです」なにやら恐縮していた。「その代わり、アラ汁はありますから」

いえ、そんな、気を遣わないで。通りすがりの旅人ですから。わたしはエビフライ定食を注文した。

そうだろうね。魚市場の隣の食堂なら新鮮な魚料理が食べられると思い込むのは、ツーリストの勝手なエゴにすぎない。少し考えればわかる。毎日魚を扱っている人は、魚以外のものを食べたいのだ。この店は塩竈の市場が観光化されていない証拠だ。

で、朝っぱらからエビフライ。これが旨い。身がぷりぷり、さくっと揚がってる。実にご飯がよく進んだ。そして四百五十円のアラ汁は絶品。深いコクとほのかな甘み。こんな味噌汁《みそしる》を毎朝飲みたいものだ。

大満足。朝から食い過ぎ。実はおといから便秘してるんです。

日本三景、だからどうした

タクシーを呼んで塩釜港へ。ここのマリンゲート塩釜から出る定期遊覧船で松島湾巡りをするのだ。松島はいわずと知れた日本三景のひとつ。……白状すると、わたくし、今日のこの日まで知りませんでした。聞いたことはあったが、耳を素通りしていた。わたしは干支《えと》が言えないし、花の名前を知らないし、県の位置関係が曖昧《あいまい》だ。要するに知識が大雑把なのである。

いいや、予備知識がない方が。とにかく美しい景色なんでしょう。

午前十時、曇り空の下、三階建ての豪華遊覧船が出港。なんと乗客は我らだけ。完全な貸し切り状態である。なんか、申し訳ないッス。

船内の売店にかっぱえびせんがあり、タロウ君が買ってきた。

「餌《えさ》を撒《ま》くとウミネコが寄ってくるらしいんです」

へえー、ウミネコね。ガイドブックを見たら、手にした餌に食いつく写真が載っていた。おお、これは実践しなければ。

我々がウミネコ目当てと知ったらしく、売店のおねえさんがデッキに上がってきた。「すいません。今、産卵期の関係でウミネコが少ないんです」と申し訳なさそうに言う。塩竈の人は遠来の客にやさしいのですね。自らかっぱえびせんを撒き、ウミネコを集める準備をしてくれた。

その甲斐《かい》あってか、十分ほどで数羽のウミネコが飛んできた。ワオ。近くで見る海鳥の姿の美しさよ。映画『WATARIDORI』の世界そのものだ。手の届きそうな距離で低空飛行している。船と同じ速度なので目の色まで見える。

この時期のウミネコは用心深いのか、手に持ったかっぱえびせんには食いついてこない。投げたそれを空中でキャッチするか、海に落ちたものをついばむだけだ。

それでも面白い。オクちゃん、夢中。ダイレクトキャッチに成功したときは、こちらまでやったという気になる。

デッキのスピーカーからは観光案内のナレーションが流れていた。珍しい岩や小島がたくさんあるらしい。でもわたしは見ていない。ウミネコと遊ぶ方が楽しいんだもん。

気がついたら松島港に到着。結局、五十分間の松島巡りはウミネコに餌をやることに終始したのであった。日本三景、ごめんなさい。わたしは観光に向かない男なのである。

松島からは仙石線《せんせき》で石巻《いしのまき》に移動。昼食は駅前の商店街でラーメンを食べた。軽く済ませようと思いつつ、牛乳が入ったこってり系のラーメン。事前情報がなければとんこつスープの一種と錯覚するだろう。またおなかがいっぱい。わたしは基本的に食い意地が張っているのだと思う。空腹が怖いのだ。

石巻からはタクシーに乗って船乗り場に。ここから網地島《あじしま》ラインという定期船で牡《お》鹿《じか》半島と周辺の島を巡るのだ。ちなみにわたくし、牡鹿半島と男鹿《おが》半島を今日の今日まで混同しておりました。すまんこってごわす(ついでに鹿つながりで鹿児島弁)。

この船路は観光客向けではないので、乗客は大半が地元の人たちだ。みんな顔見知りらしく、あちこちで世間話が飛び交っている。実にローカルな雰囲気。一人だけミニスカートが目立つイケイケ風の娘さんがいた。

お嬢さん、実家に里帰りかい？　「ううん。網地島の病院の看護婦」。そう。立派だねえ。お年寄りたちをたくさん看《み》てやっておくれ。

約一時間で網地島に到着。よそ者はわたしたちだけで、島の人たちはバスや迎えの車でさっさと去っていく。場違いな三人が、誰もいない港に取り残された。次の便まで二時間。

ところでタロウ君、この島で何をするんだい？

「この近くに網地白浜海水浴場という砂浜があるので、そこへ行きます」

果たして行ってみれば、なんてことはない普通の海水浴場であった。天気がいまいちだからそう感じたのかも。晴れればもっと海もきれいなのだろう。

砂浜にベーリングの銅像がある。網地島はロシアのベーリング探検支隊が上陸したとき、日本との初交渉の場になったらしい。ふうん、由緒《ゆいしょ》ある島なんですね。

「すいません。もうやることがなくなりました」

いいよ。やることなんかなくても。おいら、暇には強いのさ。

砂浜の小石を拾って、海に向かって投げた。なんとなく、である。

海まで届かなかった。四十四歳の小説家、唖然《あぜん》とする。うそ。距離なんて三十メートルかそこらでしょう。

もう一回。やはり届かない。いててて。肩がずきんと痛んだ。

なんてこったい。わたしの肩はここまで衰えていたのか。考えてみれば、もう十年以上、キャッチボールをしていない。全力投球など遠い過去の話だ。

まずいよなあ。いつかナゴヤドームで始球式に出るという野望があるのに。

いい機会なので投球練習をする。振りかぶって、足を上げて、体重を移動させて、真上から投げ下ろす。

肩がうまく回らない。少し力を入れると痛みが走る。要するに錆《さ》びついているのだ。

「奥田さん、何してるんですか」

うるせー。おれに構うんじゃねえ。

十回ぐらい投げると、徐々に飛距離が増し、コントロールもついてきた。なんとか始球式はできそう。二十回を超えると、肩の痛みも和らいできた。でも、全力投球までの道のりは遠いんだろうなあ。肉体の衰えをはっきり感じる、わたくしなのである。投球練習にも飽きたので、バスに乗って島の反対側に行くことに。マイクロバスのハンドルを握っていたのは、元東京都職員というおじさんだった。

「わたしゃ花粉症がひどくてね。それでこの島に移り住んだわけ」

網地島にはそういう新島民も結構いるらしい。沖縄同様、自然に惹《ひ》かれてやってくるのだ。現在人口は五百六十一人。学童は二人きりで（赴任してきた郵便局長のお子さん）、毎日船に乗って学校に通っているのだとか。島の学校はとっくに廃校。子供のいない町というのはやはり淋《さび》しいんでしょうね。

反対側の港に着き、町を散策。出歩いている人はほとんどなし。戦前から残っているような古民家がいくつもあり、その美しさに見とれる。新しい家も、昔の骨組みを活《い》かして改築したという感じだ。

お金かからないんだろうな、ここでの暮らしは。わたしは金のかからない生活に憧《あこが》れる。月十万円で暮らせたら、ざまあみろと高笑いしたくなるではないか。

船が来るまで、港から海を眺める。天気のいい日は蔵王《ざおう》連峰に沈む夕日がとてもきれいだと、通りかかった漁師さんが教えてくれた。

だから都会から人が移り住んでくるんですね。納得しました。

地元ガールズとの一夜

午後四時過ぎ、牡鹿半島の鮎川港に到着。そのまま歩いてホテルにチェックイン。十二畳の広い和室に案内された。タロウ君とシンゴ君は町を散策に出かけたが、わたしは疲れ気味なのでパス。

座布団《ざぶとん》を敷いて横になる。ぱらぱらと雨の音。ほかの部屋からは、おばあちゃんたちの嬌声《きょうせい》。それを聞きながら、うとうと。船の中でも寝ていたし、今日は居眠りの多い日だ。

午後六時半から食事。お膳《ぜん》の料理を見てぶったまげた。

これ一人前？　プロレスラーの合宿並みの量なのである。お造り、ホタテのバター焼き、魚の煮付け、海老《えび》と野菜の小鍋《こなべ》、鯨の刺身、鯨の竜田揚げ、鯨のベーコン……。見ただけでおなかがいっぱいになってしまう。

おい、これって取材と知っての特別仕様なんじゃないの？

「いいえ、仲居さんに聞いたら、これが普通だそうです」とタロウ君。あ、そう。残したら君食べてね。

「ところで奥田さん、今夜は地元ガールズと飲み会をすることになりましたから」

飲み会？　なんだそりゃ。聞くと、タロウ君とシンゴ君は、先ほど町を歩いていて地元の女の子に声をかけたらしい。

お好きにどうぞ。いいねえ、若い人たちは。わたしゃ部屋で寝てるよ。外は雨だし。

娘さんたちの相手をするなんて、今のわたしには億劫《おっくう》なだけなのです。料理は半分しか食べられず。ご馳走《ちそう》なのにもったいない。毎回たらふく食べているうちに、胃腸も疲れてしまったようだ。ところで鯨を口にしたのって何年ぶりだろう。竜田揚げは学校の給食以来。つまり三十年ぶりだ。ひえー。捕鯨国の誇りを持って、もう少し食べることにしよう。

それはそうと、なんで今夜は鯨料理だったわけ？

「鮎川はかつて日本有数の捕鯨基地だったんですよ」

あ、そう。わたしは不勉強な旅人なのです。

奥田さんも来てくださいよ、とタロウ君に懇願されたので、遅れてホテル近くの小料理屋に顔を出した。「書くこと」が増えるように、彼もあれこれやってくれているのだろう。

奥の座敷でタロウ君とシンゴ君、そして可愛《かわい》らしい女の子二人が盛り上がっていた。思った以上に若いのに驚く。十九歳だって。ワオ。わたしの姪《めい》と同い年だ。お嬢さんたち、東京者の誘いなんかに乗らないで早く家に帰りなさい。「きゃはは」屈託なく笑ってる。

東京の子と少しも変わらない。おしゃれで、テレビドラマに詳しくて。若い娘さんは全国共通なのだろう。

タロウ君が気を遣ってわたしを持ち上げる。「有名な作家さんなんだよ」と。関心ないよね。姪っ子だってわたしの本は読まないもの。セカチューは読むくせに。

ハイボールを飲みながら店の主人と世間話。こっちの方が、気がらくです。あれこれ聞くと、この店は魚料理が自慢で、漫画『美味《おい》しんぼ』にも出たことがあるのだそうだ。じゃあ次は、おなかを空かして来ますからね。

「どうせ今日は客が来ないと思って何も仕入れなかった」と言う大らかな店主から、鯨の現状についても教わる。近年は調査捕鯨も制限されているため、鯨肉はますます貴重なものになっているそうだ。ごめんなさい。さっき鯨のベーコンを残してしまいました。

一時間半ほどいて、一人で先に退散。お風呂《ふろ》に入りたいから。あとは若い人たちでやっておくれ。

こんな台詞《せりふ》を言うようになったんですね、わたくしも。だって十九だもん。姪っ子だもん。こっちは保護者の感覚ですぜ。

店を出ると、降っていた雨がやんでいた。人っ子一人いない通りを歩く。聞こえるのは、自分の足音と遠くの海の音だけ。空を見上げると、雲が速い速度で流れていた。

明日は晴れそうだ。

貴女《あなた》しか見えない

八時に起床し、ホテルをチェックアウト。港の周りに食堂があるというので、そこで朝食をとることにする。鮎川《あゆかわ》港は金華山への観光船が出ているせいで、土産物屋の看板が賑々《にぎにぎ》しく通りを飾っている。太陽がさんさんと降り注ぎ、港全体がなにやらいい感じ。

食堂はまだ営業してないみたいだ。どこも暖簾《のれん》を出していない。いいけどね。いつも朝飯は抜きだから。

でもタロウ君とシンゴ君はよくないらしく、一軒の店に押し入り、頼んで時間前に営業させてしまった。観光客には逆らえないのだろう。すいません。

「昼は女川《おながわ》でウニとイクラとカニの三段重ね重を食べますから、そのつもりで」とタロウ君。

あいよ。軽めにしておけってことね。

と言いつつ、品書きを見ていたら食欲が湧《わ》いてきた。イカ刺身定食を注文する。ご飯が大盛りで「うっ」となったが全部食べた。便秘のくせに詰め込むばかりだ。

太りそうだなあ。最近、食事の量がすぐ体重に跳ね返る。油断すると一週間で二キロ増なんてことがざらにあるのだ。

昔はどれだけ食べても太らなかった。徹マン明けで焼肉を食って寝ても、一グラムすら増えなかった。自分は生涯そういう体質だと思っていた。それなのに近年は……。

歳《とし》なのだ。くくく（すすり泣き）。

　食後は船の時間まで港で時間つぶし。ぶらぶら歩いていたら、民芸品店前でおじさんに手招きされた。

「おにいさんたち、いいもの見せてあげる」

　実に怪しい雰囲気。でも好奇心に負けて店の中に入ったら、人の背ほどもある巨大な角のようなものを指差し、「これ、何かわかる？」とうれしそうに聞いてきた。さあ、何なのですか？

「これね、実は鯨のオチンチンの剝製《はくせい》。ははは」

　へえー。巨大と言うべきか、体長に比して小ぶりと言うべきか。そもそもこれは平常時なんでしょうかね。

　何気なく触れようとしたら、おじさんの制止する声が飛んだ。「だめ。触っちゃ。大きくなっちゃうでしょ。あはは」

　ジョークのベタさ加減に、つい苦笑。このおじさん、きっと観光客を捕まえては、毎回同じジョークを飛ばしてるんでしょうね。きっとこれも、鮎川名物であります。

　午前九時二十分、観光船にて金華山に向けて出発。乗客は我ら三人と熟年夫婦一組のみ。土曜日なのにいいんですか。わたしが心配しても仕方がないが。

金華山は、牡鹿半島の突端から一キロ先に浮かぶ小さな島。奥州《おうしゅう》三霊場のひとつに数えられる信仰の地である。今、パンフレットで知りました。

でも名前は子供の頃から知っていた。わたしの郷里・岐阜にも金華山がある。その山は市内の小中高校すべての校歌に出てくるくらいで、山頂には岐阜城がそびえる地元のメルクマールなのである。そしてわたしが通った小学校は、清流・長良川《ながらがわ》のほとり、金華山の麓《ふもと》にある名門（ということにする）「金華小学校」だ。

つまり、金華山といえば、岐阜なのである。それなのに、どうやら東北にもそういう地名があるらしい……。子供心にも面白くなかった。

誰の許可を得て名乗ってんだ、え？　どっちが本家か勝負しようじゃないの、お？

郷土史研究家のみなさん、ひとつよろしくお願いします。

船が港を出ると、すかさずウミネコたちがあとをついてきた。わたしがかっぱえびせんを三袋抱えているのを、ちゃんと知ってるんですね。桟橋でも撒《ま》いたし。

というわけで、昨日に引き続き、ウミネコとの饗宴《きょうえん》。

楽しい、楽しい。わたしはこういう時間がいちばん好きなのかも。

なんとなくコツがわかってきた。ウミネコの視野は正面より左右に広い。つまり、少し斜め上の位置にいるウミネコにあげるつもりで前に放ると、すっと横にスライドし、餌《えさ》をキャッチするのだ。

そして意思も通じるようになった。アイコンタクトがちゃんとできるのである。こいつにあげようと思うと、そのウミネコが斜め上方にスタンバイする。餌を投げる。さっと平行移動し、キャッチする。このヨロコビ。呼吸が合っちゃってるんですね。

途中から腕が痛くなってきた。昨日からスローイングばかりしているので当然か。でも根性で続ける。動物とのふれあいには、人を夢中にさせる何かがあるのだ。癒《いや》されるなあ。ここに住んだら、毎日ウミネコと遊んでいそう。

周辺の景色を見ることもなく、金華山に到着。上腕三等筋が痛い、痛い。山の中腹に神社があるようなので、マイクロバスで登る。黄金山《こがねやま》神社という厳《おごそ》かな建造物であった。現在の本堂は明治の後期に建てられたというから、築百年近い。弁財天が祀《まつ》られていて、三年以上続けてお参りすれば一生金に困らないのだとか。

ほんとですね。通いますよ、来年と再来年。

売店の前には鹿《しか》がたむろしていた。いやーん、可愛いー。ほとんど女子中学生です。売店で鹿の餌用のせんべいを購入。するとそれを見た七、八頭の鹿が、わたしめがけてどっと押し寄せてきた。

ちょっと待ちなさい。慌《あわ》てるな。いっぺんに来るんじゃない。

話、通じず。手にしたせんべいに食らいついてくる。

わっ。よだれを付けるんじゃない。離れろ。あげるから一列に並びなさい。並ぶわけがないが。

鹿に押しまくられ、わたしは仕方なくせんべいを地面に撒き、その場を逃れた。

可愛くないなあ。全然可愛くない。なあにが鹿は神の使いだ。それならもう少し毅《き》然《ぜん》としていろ。ウミネコの方がずっと高貴だぞ。

要するに人は、警戒心の強い動物が心を開く瞬間が好きなんでしょうね。馴《な》れ馴《な》れしい動物は嫌いなのだ。なんて文句をたれながら、せんべいを三袋も買って、わたしは鹿と戯《たわむ》れた。

動物、飼いたいなあ。毎日、一緒に遊びたいなあ。ブルテリアを飼って「ストロベリー」と名づける計画が五年も前からあるのに、ちっとも実行に移さないわたしなのです。


金華山のあとは再び船に乗って女川《おながわ》へ。海を走っていると、陸地に大きな煙突が見えた。女川原子力発電所だ。ふうん。これがそうなんだ。原発を見るのは初めて。大自然の中で、そこだけ人工物が異彩を放っている。

原発については意見保留。危険か安全かではなく、何を選択していいのかわからないからだ。賛成派にも反対派にもうそがある。イデオロギーを誰も論じない。

女川の港に着いたら、真新しい立派な建物が多いのに目を奪われた。町役場、病院、福祉センター、陸上競技場。人口一万数千人の町には考えられない豪華さだ。もちろん原発を誘致した見返りで、これが地元の選択だ。

さびれた漁村のままで行くのか。原発を受け入れて豊かな生活を手に入れるのか。原発に万が一のことがあったときは町ごと滅びる。きっと正解はない。決断があるだけなのだ。

自分なら、どうするかなあ。洒落《しゃれ》たテーマビル「マリンパル女川」の屋上から、美しい海を見ながら考えた。

わかりません。棄権して多数決に従いそうだ。

昼になったので、予約してあった食事処《しょくじどころ》へ。名物だという三段重ね重を注文する。出てきてびっくり。ウニ、イクラ、カニが載ったお重なのだが、わたしは、てっきりその三つの具がひとつの重に合わせ盛られて出てくるものだと思っていた。目の前には独立したお重が三段に積んであるのだ。ああ思いちがい。

うぅっ。食べきれるかしらん。今回の旅は、ひつまぶしに始まって大盛りばかりだ。気合じゃー。わしわしと食い進む。でもだめ。ビールなんか飲んじゃったし。

ウニ重は完食したが、イクラ重とカニ重はご飯を半分残した。無念である。

ちなみに宮城のウニは本当に甘くてうまい。身も崩れず、溶けもせず、それで柔らかい。ほのかな磯《いそ》の香りもグッドです。


今回の旅は、これでおしまい。あとは仙台市まで鉄道を乗り継いで行き、新幹線で帰郷する。食ってばっかりでしたな。今夜は、お茶漬けでいいや。

始発の女川駅で四両編成の電車に乗ったら、地元の高校生たちが数人いた。車内でオニギリをほおばっている。お嬢さんたち、学校帰りかい？「ううん。部活。ここの陸上競技場で練習してた」。そう。陸上部かい。立派な競技場で思い切り練習するとええ。

ゴトゴトと電車は進む。窓の外には太平洋の美しい海が広がっていた。

実に風光明媚《めいび》。ウミネコがいないので、存分に景色を楽しむことができた。

そうそう、さっきから腕がずっと痛いのです。この先、牡鹿《おじか》半島と聞くと、ウミネコと遊んだことを思い出しそう。
そういうのもまた、旅なのです。

第四便　N木賞などおかまいなし

韓国・釜山《プサン》篇

N木賞受賞後、初取材

十二時十五分、羽田発・北九州行きの飛行機は、夏休みということもあってか、とっても庶民的な親子連れたちに占拠されていた。折りしも台風が熱帯低気圧になったばかりの悪天候。機体は気流にぶつかるたびにガタゴトと揺れ、そのつど機内はお子様たちの叫び声に包まれた。

「キャーッ」「ウギャーッ」

怖がっているのではなく、はしゃいでいるのである。あのね、キミたち、これは遊園地の乗り物とはちがうのだよ。

「トオーッ」「ヤアーッ」

そこのボク、何になりきっているのか知らないけど、通路で遊んじゃいけないのだよ。

客室乗務員がおとなしくさせようと、絵本や木製のオモチャを渡す。でも効果なし。彼らは一分として静かになることはない。

わたくし、疲れているんだよね。七月半ばから突如として忙しくなり、ずっと休みがなかったわけ。旅に出れば、少なくとも電話からは解放される。そう自分を励まして、睡眠時間を削って仕事を片付けてきた。到着まで、少し眠りたいのである。

「ママーッ」「パパーッ」

だからね、そんな大きな声を出さなくても聞こえるでしょう。隣にいるんだから。

仕方なく寝るのを諦《あきら》め、韓国語のテキストを広げる。「港町食堂」初の海外渡航。行き先は釜山《プサン》。挨拶《あいさつ》ぐらいは覚えておくのが旅人の礼儀だ。アニョハセヨが「こんにちは」で、カムサハムニダが「ありがとう」で……。

ふと、通路を挟んだ斜め前の席の男児に目がいった。五歳ぐらいだろうか。ミニカーで無心に遊んでいる。顔立ちが子供の頃の自分と似ているので、なにやら不思議な気分になった。妙な親しみも。

その男児が床にミニカーを落とした。コロコロとこちらに転がってくる。わたしはやさしい気持ちでそれを拾い上げ、手を伸ばした。ほら、取りにおいで。

男児が椅子《いす》から降り、とことこと歩いて来た。わたしの手から無言でミニカーを奪い取り、また座席に戻る。

おろ？　ありがとうは？　可愛《かわい》くないなあ。ただ、男児の温かくて柔らかい手の感触が指先に残った。久しく忘れていた、これから育っていく者の瑞々《みずみず》しさだ。軽く触れただけなのに、その生命力が伝わった。

子供、か。しばらく男児のうしろ姿を眺めていた。わたしは、かなりの確率で父親というものを経験しないで死んでいくのだろうなあ……。

「キャーッ」「ダアーッ」

ああうるさい。子供は嫌いだ。そういうことでいい。

わたしは、再びテキストに目を落とした。

北九州空港の上空に差しかかった頃、機内にアナウンスが流れた。着陸までもう少し待てと言う。どうやらガスっていて、視界が不良らしい。着陸を回避した場合は福岡空港着に切り替わるようだ。

「があーん」隣で編集者・タロウ君が頭を抱えている。我らの予定では、十九時に下関港からフェリーに乗ることになっている。その前に関門海峡を船で渡ろうという計画もあったのだ。福岡着だと、移動だけで時間を取られてしまう。

「福岡からのアクセスだと、小倉まで新幹線で行って……」

そう言ってプランを練り直すのは渡世人風カメラマン・ケンジ君である。この人、仕事で全国を回っていて地理にはやたらと詳しいのだ。

そして座席で熟睡しているのは、小説新潮のアサミ嬢。なんかしらんがついてきたのである。文芸編集者とは思えない、ギャル風のファッションで。

ともあれ、飛行機は上空で五十分も旋回し、着陸を三回試み、あえなく福岡空港へ行くことに。まあいいやね。博多《はかた》ラーメンでも食いますか。昼飯抜きなので、そろそろ腹も減っていたのだ。

十五時五分、福岡空港着。雨が降っていたらしく、滑走路は黒く濡《ぬ》れていた。ここ数日、日本列島はうだるような暑さだったので、ちょうどいいお湿りだ。出るとき、搭乗券の半券を提出すると、地下鉄とJRの引換券をくれた。ほう。小倉までの交通費は航空会社が払ってくれるようである。どうりでしつこく着陸を試みたはずだ。

地下鉄に乗って博多駅へ。みどりの窓口で新幹線のチケットと引き換えるタロウ君に、この近くで美味《おい》しいラーメン屋さんを聞いておくれ、と頼む。

「おっしょいラーメンだそうです」タロウ君は戻るなり、うれしそうに答えた。「窓口で係りのおじさんに聞くなり、即答で返ってきました」

それは期待が持てる。早速向かうことに。福岡の街を歩くのは今年二度目だ。活気がありますね、この街は。ご婦人の発する博多弁もわたしは大好きだ。

駅裏の繁華街にある「おっしょいラーメン」に入る。メニューを見て角煮ラーメンと餃子《ギョウザ》を注文した。それとビールも。四人でカンパーイ。この旅がうまくいきますように。

ラーメンは正統とんこつラーメンであった。細い麵《めん》がしこしこしておいしい。もちろんスープもコクあり。大満足。ご当地ラーメンは、その地で食べるに限るのだ。

ケンジ君がケータイのiモードで、列車の時刻表を調べている。

「小倉で乗り換え。乗り継ぎ時間は八分です」

ふうん。情報化社会に生きる人の鑑《かがみ》ですな。わたくし、ケータイは持っているが、そんな使い方はしたことがない。メールさえ使い方を知らない。

ラーメンを食べ終え、博多駅から新幹線に乗車。外の天気はいまひとつだ。小倉からは在来線で関門トンネルをくぐり下関駅へ。考えてみれば関門トンネルをくぐるのは生まれて初めてだ。九州へ来るときはいつも飛行機だし、車で来れば関門大橋だ。暗いだけの穴倉なのに歴史を感じた。列車の古さもあるのだろう。地元民の生活に根付いているのがわかる。海峡の向こうはお隣さんなのだ。

トンネルって、なんだかいい。いつか青函《せいかん》トンネルもくぐってみよう。

待遇アップ、のハズが……

下関駅からは徒歩でフェリーターミナルへ。途中、松田優作展の大きなポスターが目についた。おお、そういえば下関は優作兄貴の故郷だった。

昔、新宿のゴールデン街でよく見かけたよなあ。いつも不機嫌そうで怖かったなあ。同じバーに居合わせて、腕をつかまれたこともある。殴られるかと思いました。

ターミナルの待合室に入ると、一気にそこは日本ではなくなった。そこかしこで韓国語が飛び交っている。とくに目立つのは、段ボールを台車に積み上げたおばちゃんたちだ。日本製の日用品を仕入れに来た買出し部隊なのだろう。二等客室なら八千五百円で来られる下関は、仕入先として充分に元が取れるのだ。

おばちゃんたちは、荷物代が別途必要らしく、一ヶ所に集められていた。ところが中に一名、我々旅行客の列に混じって乗船しようとしたおばちゃんがいた。

日本人係員が、その荷物じゃ通れないと制止するのに、振り切って強行突破。何を言っても聞こえないふり。台車を押して進む、進む。結果、台車が金属探知のゲートをくぐれず御用となった。

あはは。声に出して笑ってしまった。こんなに牧歌的な国際港、ほかにないだろう。

午後六時過ぎ、出国審査を受けフェリーに向かう。パスポートを見たら、出国スタンプの文字が「KANMON」となっていた。これはレア。自慢できそう。

我らが乗船するのは韓国船籍の「星希」号。全長一六二メートル、定員五六二名の堂々たる大型フェリーだ。チェックインして一等客室に入ると、前回同様、二段ベッドが二つ並ぶ〝合宿部屋〟であった。

またしてもわたしは感動した。この業界はN木賞を獲《と》るといきなり待遇がアップするという通説がある。もしかして受賞後初の今回は個室かも、という予感がわたしの中にかすかにあった。しかし新潮社はN木賞などおかまいなしだ。あくまでもわたしを「仲間」として扱おうというのである。この平等精神をわたしは高く評価したい。ほっほっほ。

ところで、アサミ嬢も同室なのかい？

「あ、わたし、そういうの平気ですから」

ミニスカートに生足でそう言うのだから、頼もしいお嬢さんである。

午後七時、いよいよ出港。その様子を見ようと甲板に出た。突然、耳をつんざく汽笛が鳴る。どっひゃー。鼓膜が破れるかと思いました。

関門海峡をちゃんと眺めるのはこれが初めてだ。泳いでも渡れそうな海峡を、フェリーがゆったりと進んでいく。夏の夜風が顔に心地よい。いいよね、船の旅は。船中泊も今年これで四回目。こんな年はわたしの人生で一度きりでしょう。

船内に戻り、レストランで夕食。韓国籍の船なので従業員はみなコリアンだが、日本語はほぼ通じる。わたしは千円のビビンバ定食を注文した。生ビールも。

うん、なかなか旨《うま》い。ナムルもキムチも本場物だ。付け合せの緑のトウガラシをかじったら、口の中に火がついた。ワオ。涙目になってしまいました。

タロウ君が注文した焼肉定食を横からつまむ。しっかりプルコギの味だった。船の食事としては水準以上。このところずっと少食だったが、すべて平らげた。

食後、船内を散策。多目的ホールをのぞくと、お揃《そろ》いのTシャツを着た韓国の子供たちが大カラオケ大会をやっていた。日本への団体旅行の帰りらしい。大浴場を見に行くと、こちらも子供たちで満員。それも浴室はとしまえんプールのノリでお湯のしぶきが舞っている。子供天国。風呂《ふろ》は明日の朝にでもそっと入ることにしよう。

日本人の少年たちもいたので聞いてみた。釜山へは何の用で行くんだい？

「サッカーの親善試合。中二になったら行けるんです」

そう、そりゃあいい夏休みだ。頑張っておくれ。彼らは山口の少年サッカー団だった。

どこから来たんですか、と聞かれ、東京と答えたら「すっげー」と目を丸くされた。ははは。彼らには釜山より東京の方が遠いのだね。

大型テレビのあるロビーラウンジで、お茶を飲みながらおしゃべりする。原稿を書かなくていい夜はおよそ三週間振りだ。電話もかかってこない。うーん、しあわせ。椅子に深くもたれ、全身で伸びをする。

N木賞の受賞騒ぎで、わたしはくたびれてしまっていたのです。東京へ帰るとまたたくさんの仕事があるけれど、この四日間だけは自由だ。

「キャーッ」「トリャーッ」子供たちがロビーを走り回っている。

「韓国の子供たちって、日本以上に解き放たれてますよね」

率直な感想を述べるのはアサミ嬢である。そうだね。床に転がってるんだもの。子供の躾《しつけ》の点で言うと、アジアは実に放任主義だ。

まあいい。子供は自由に振舞うのがいちばんだ。大人になれば、否応《いやおう》なく自由を失う。元気に走り回るのは、子供たちの特権だ。

「ウギャーッ」「ダアーッ」

ああうるさい。子供は早く寝なさい。

釜山行きのフェリーは、夏の子供たちを満載して、玄界灘《なだ》を突き進むのであった。

サプライズも空振り

午前六時半起床。窓の外を見ると、船はすでに釜山港に接岸していて、旅客ターミナルが開く時間を待つだけの状態になっていた。

山の傾斜に沿ってビルが建ち並んでいる。看板のハングルが目に飛び込んだ。おお、コリア。実を言うと、韓国に来ること自体が初めてだ。近過ぎて、なんとなく機会を逸していた。韓国料理は大好きなのに。これから辛いものを食いまくっちゃるムニダ。

部屋を出て、昨夜入りそこなった大浴場へ。早起きした子供たちが浴槽で泳いでいた。それもバタ足で。おら、どかんかい。心の中で怒鳴りつける。

朝湯を堪能《たんのう》したところで朝食。和朝食もあるがせっかくだから韓朝食にした。白湯スープにご飯を入れ、雑炊のようにして食べる。隣のテーブルのおじさんが、海苔《のり》の佃煮《つくだに》を混ぜて食べていたので真似《まね》してみた。うん、なかなかいける。韓国海苔は胡麻《ご ま》油《あぶら》の香りがして旨いのだ。

午前八時半、下船。続いて入国審査。態度のよろしくない審査官にむっとしつつ、到着ロビーに出ると、先回りしていたケンジ君がカメラを構えていた。その手前にはハングルの手作り横断幕が。何気なく視線を移したら、その片方の端を持っているのがユカ編集長だった。

え？　突然のことにうまく頭が回らない。あれ、新潮社の元お嬢さん、なんでここにいるの？

「ようこそ釜山《プサン》へ」ユカ編集長がすまし顔で笑っている。

ええと、ここにはいつ来たわけ？　仕事でいるの？　なんで、なんで？

「この横断幕、ハングルで『歓迎・奥田英朗』って書いてあるんですよ」

でも、あなた、確か今回の取材も行けないと言っていたはずなのに……。

聞くと、ユカ編集長は昨夜先回りして釜山入りしていたと言う。ふと周りを見る。ケンジ君もタロウ君もアサミ嬢もにやにやしていた。

あらま。もしかして、わたしを驚かせようとして一芝居打ったわけですか？

「なあんだ。奥田さん、もっと驚いてくれるかと思ってたのに」

ユカ編集長は不満気だ。そんなこと言っても、こういうとき、人間はうまく反応できないものなのですよ。

「ちぇっ。ちぇっ。驚き方が足りない」まだ口をとがらせている。

いやはや、こんなの初めて。でも感激。なんだ、そういうことだったのか。じんわりうれしくなってきた。持つべきは編集者であります。

現地ガイドのキムさんを紹介してもらう。ソウルからやって来た明るく元気な韓国女性だ。アニョハセヨ。よろしくお願いします。

キムさんがチャーターしたワゴン車のタクシーに乗り込んで、釜山の街を走る。心配だった天気も、なんとかもちそうだ。カーステレオからは韓国歌謡が流れている。

午前九時半、影島《ヨンド》の最南端にある岬、太宗台《テジョンデ》に到着。晴れていれば対馬《つしま》まで見渡せるという、釜山を代表する景勝地だ。

せっかくだから岬の先まで降りてみようと階段をせっせと下る。半分ほどで後悔。遠い上に急階段なのだ。どうする。まだ行く？

「奥田さん、徒歩二十分以上はパスする人でしたよね」とタロウ君。

うるせー。行ってやろうじゃないの。ちょうど運動したかったんでい。

岬の先端まで降りると、そこにはいくつかテントが張られ、簡易食堂のようになっていた。そして我々の姿を見つけるなり、おばちゃんたちが「イラッシャイ、イラッシャイ」と声を張り上げ、笑顔で手招きを始めた。

わたしはその最前列のおばちゃんに目を奪われた。日焼けして全身は黒いのに、顔だけが白粉《おしろい》で真っ白なのだ。故・鈴木その子の十倍強烈。出たーっ、という感じ。

「なんか凄《すご》いおばさんがいる」ユカ編集長も恐れおののいている。

その迫力に圧《お》されるように、美白（？）おばちゃんのテントへ。三万ウォンで刺身の盛り合わせを食べる羽目になった。朝っぱらからビールも。

タコ、ナマコ、ホヤ、その他貝類が皿に並んでいる。ちょっと、このタコ、派手に動いているんですけど。

キムさんによると、タコは吸盤が食道に吸い付かないように、まずは油にくぐらせ、その後味噌《みそ》をつけて食べるのだそうだ。

それは親切なご指導を。目をつむって口に入れる。むしゃむしゃ。うん。食べてしまえば普通の刺身だ。続いてナマコ。ほほう、コリコリしておつな味ですな。

ほら、みんなも食わんかい。

「わたし、おなか空《す》いてないから」とユカ編集長。「わたしも」「ぼくも」と根性なしが右に倣《なら》う。仕方なく、わたしとタロウ君とで半分ほど食べた。うー。当分タコはいい。

帰りは当然、上り階段。これがきつい。マンションの二十五階まで階段を上らされている感じ。情けないことに、半分ほどで息が上がってしまった。ぜいぜい。全身に汗が噴き出て、膝《ひざ》が笑っている。あまりの不甲斐《ふがい》なさにショックを受けた。なんてこったい。階段ごときでへばってしまうとは。

途中の茶屋で休憩を申し出る。ああ情けなや。二十代のタロウ君とアサミ嬢は平然。三十歳のケンジ君はカメラ機材を担《かつ》いでいるのに余裕の構え。頼みの綱のユカ編集長も少し疲れたという程度だ。見栄《みえ》張ってません？　深くため息をつく。帰ったら体を鍛え直そう。言うだけだろうけど。

太宗台のあとは車で龍頭山《ヨンドウサン》公園に移動。高さ百二十メートルの釜山タワーに昇って市内を見渡した。韓国第二の都市だけあって、ジグソーパズルを埋めるようにビルが建ち並んでいる。港も一望できた。町に活気があるのが、遠目にもわかった。コリアンの勤勉さですな。民族のプライドの高さが、経済を急成長させたのだ。

ところでこの釜山タワー、入場券のいちばん目立つところに「百八十メートル」と記されている。ガイドブックでは高さ百二十なんですけどね。キムさんに聞くと、これは海抜らしい。なるほど、下駄《げた》を履かせても高く言いたいのが、コリアン魂なのだろう。

釜山タワーの次は、同じ南浦洞《ナンポドン》にある国際市場へ。朝鮮戦争後の米軍放出品やヤミ物資の缶詰などを売り出したのが発祥というこのマーケットは、上野のアメ横を思わせる小さな商店が軒を連ねている。路地裏には食べ物の屋台街も。屋台といっても、道の真ん中に台を置いて簡易食堂にしているだけなのだが。

ぶらぶらと歩き、ウインドウ・ショッピング。何も買うつもりはなかったが、ひとつだけ、陶器の店の軒先に目を引くものが並んでいた。以前、東京の韓国料理屋で見かけ、ずっと気になっていたものだ。キムさんに聞くと「噴水台」というのだそうだ。大きな壺《つぼ》（あるいは瓶）の中心に水が湧《わ》き出る台があり、その上に載った大理石の玉がくるくると回る仕組みの置物だ。回っている玉を見ていると、なにやら心が癒《いや》されるのである。

うー、欲しい。でも置き場所がないしなあ。みんな腰の高さほどの大きさなのだ。

「奥田さん、買えば」ユカ編集長が焚《た》きつける。

「買うしかないでしょう」タロウ君も背中を押そうとする。

しばし迷うが、眺めるだけでやめにした。物を増やしたくないわたくしなのである。

どこから来る？　その自信

そろそろ昼時ということで、ガイドブックにあったチヂミ専門店へ。わたしが食べたいと言い出したのだ。チヂミ、大好きなんです。ただしキムさんに言わせると、チヂミは韓国では主食ではなく、あくまでもビールのつまみという立場らしい。そうか、こっちはすっかり韓国版お好み焼きのつもりでいた。

地図を頼りに探し当てると、そこは実に庶民的な食堂だった。扉や窓が開け放たれているので冷房も効いていないみたいだ。キムさんが交渉して、座敷のエアコンをつけさせる。でも効いている感じなし。まあいいや。扇風機が盛大に回っているし。

海鮮チヂミ、牛肉チヂミ、ミックスチヂミの三皿を注文する。値段は九千ウォンから一万ウォン。言い忘れましたが、ゼロをひとつ取った金額がほぼ日本円に当たります。

店のおやじがキムさんになにやら言い、キムさんが苦笑している。どうかしたんですか？

「あんたらこの店に来たのは正解だって威張ってます」

あはは。それではお手並み拝見と行きましょうか。

おやじが窓に面した鉄板でチヂミを焼く。ケンジ君が撮影をすると言うので、みんなで見物に行った。

おやじの手つきはそれほどうまいというものではなかった。あちこちで生地がはがれ、そのつど補修工事をしている。おまけに油をやたらとかける。

「この人、大丈夫なんですか」アサミ嬢は不安そうだ。わたしも不安です。

果たして出来上がったものを食べてみたら、油でべちょべちょの香ばしさのないチヂミだった。

「ソウルへお越しの際は、本物を食べさせてあげますからね」キムさんが笑いをこらえ、小声で言った。

失敗でしたな。大久保で食べるチヂミの方が百倍旨《うま》いぜよ。しかしまあ、このおやじの自信はなんなのか。この店に来たのは正解だってさ。みんなでクスクス笑いをしながら、箸《はし》を進めた。残すと悪いので完食した。我らは心やさしい旅一座なのである。

食事のあとは映画街やチャガルチ市場（韓国最大の鮮魚市場）を散策し、一度ホテルにチェックインして休憩することに。今日は長いのだ。夜はプロ野球観戦だって控えているのである。

ちなみに宿は釜山ロッテホテル。五つ星のデラックス・ホテルである。新潮社もたまには奮発するようだ。わたしの待遇もこれで改善か。ほっほっほ。

午後四時、ホテルのロビーに集合。車に乗って梵魚寺《ポモサ》へ向かう。車で一時間ほどのこの寺は、六七八年に建立《こんりゅう》された韓国五大寺院のひとつだ。せっかくだからこの国の歴史にも触れようというのである。

途中、車窓から行き交う車を眺める。日本と決定的にちがうのは外国車がほとんど走っていないことだ。キムさんに聞いたら「韓国人が韓国車に乗るのは当たり前」と言っていた。おお、ここにもコリアン・スピリッツが。愛国心なのですね。

そしてもうひとつ、どうしても指摘せずにはいられないのが、その韓国車がかなり大胆に外国車を真似ていることだ。てっきりベンツだと思って見ていると、うしろ半分だけが別のデザインになっている。うーむ。こういうの、権利上いいのでしょうか。ドイツ人が見たら目が点になると思うのだが。

午後五時、梵魚寺に到着。手前に沢があって、川が流れる中、あちこちの岩場で人々がハイキングよろしくくつろいでいる。のんびりした光景に、こちらもリラックス。釜山市民の憩《いこ》いの場なのですね。

お寺の建造物のカラフルなペインティングに目を奪われた。これらはすべて天然の染料で、高名な絵師の手によって塗られているそうだ。中国文化の影響を感じますね。地続きというのは大きいのだ。

日本語のパンフレットによると、梵魚寺は、倭敵《わてき》の侵略にてこずった新羅《しらぎ》文武王が、「東の海岸の山に登って神の啓示を受け、その通りにすれば倭敵を退けられる」という夢を見、建てたとか。ううっ。日本人、ここにいていいのかしらん。

帰りしな、アイス売りのおじさんに呼び止められ、鳥の餌《えさ》を手渡された。ここで手のひらに載せていれば、小鳥が飛んできてついばむというのである。

ほう。鳥は大好きなのでやってみる。するとすぐ横の木に小鳥が現れ、わたしの様子を窺《うかが》い始めた。来なさい、来なさい。息を殺して待っていると、見目麗《うるわ》しい小鳥がさっと飛翔《ひしょう》し、わたしの指にとまって餌を食べていった。

ワオ、感激。野鳥では初めての経験だ。みんなの拍手を浴びる。おじさんが「どうだい」という顔をしていた。

アイスクリーム、いただきましょう。おじさんは上機嫌でアイスを山盛りにしてくれた。

ナルリョボリョー！

午後六時過ぎ、釜山サジク運動場に到着。今夜ここで韓国プロ野球の「ロッテ・ジャイアンツvs.ハンファ・イーグルス」の一戦が行われる。野球観戦記『野球の国』の著者としては、海外での観戦機会を逃すわけにはいかない。

球場は四万人収容の立派なスタジアムだった。横浜スタジアムに少し似ているか。ロッテは現在最下位で、客の入りはいまいちだ。ともあれ、ビールを買ってネット裏前から二列目という素晴らしい席に陣取る。チケットを取ってくれたのは有能なるガイド、キムさん。「わたし、野球観《み》るの初めて」と、彼女もなんだか浮かれた様子だ。

韓国野球は、プレーは日本と変わりないが、応援がユニークだ。一塁側スタンドの中ほどにステージが設置されていて、攻守交替の間にチアガールズが踊りを披露するのだ。

いいね、いいね。素早くケンジ君が撮影に向かった。

ここで新潮社より、わたくしにプレゼントの贈呈。N木賞が決まったとき、花はいらんぞと言ったら、代わりにわたしの希望で双眼鏡をくれることになったのだ。

封を解くと、カール・ツァイス製であった。ブラボー。この先、旅の友とすることにしよう。

早速、双眼鏡でチアガールズをチェック。みなさんソー・キュート。でも化粧がちょっとケバイかな。コリアンはくっきり美女が好きなのでしょう。

試合の方は投手戦で、なかなか点が入らない。キムさんの指導を受け、タロウ君とアサミ嬢が「ナルリョボリョー（かっとばせ）」と叫ぶ。発音がおかしいのか、隣にいたスコアラーのおじさんが大笑いしていた。

五回終了時には、観客全員でラジオ体操。もちろん我らも加わった。いいですね、野球場の風景は。勝ち負けは二の次だ。みんな楽しみたくて来ているのだ。

晩ご飯をちゃんと食べたいので、ゼロ対ゼロのまま、七回で球場をあとにする。スコアラーのおじさんに「もう帰るの？」と流暢《りゅうちょう》な日本語で言われびっくり。そうか、日韓の野球人は昔から交流があるのだ。

車でホテルに戻り、裏手の焼肉レストランに行く。カルビ、ロース、ミノ、味付けカルビを注文する。念願の本場焼肉だ。しかも炭火。

座敷席でふと横を見ると、昼間国際市場で見かけた噴水台が置いてあった。水の流れに大理石の玉が回っている。つい見入ってしまう。やっぱり癒されるのだ。

「奥田さん、買うしかないでしょう」とうれしそうにユカ編集長。

うーん、買うべきなのでしょうか。

ともあれ、六人で焼肉を食いまくる。旨い、旨い。日本とは味付けが微妙にちがい、辛さも甘さも控えめだ。ただし下味はじっくりと施した感じ。味が染《し》み渡っているのだ。

いくらでも食べられそう。実を言うと、ずっと忙しくて体重が二キロ減っていたのだ。この機会に取り戻すことにしよう。

酒はマッコリ（にごり酒）を飲む。米を原料にした韓国のドブロクだ。喉《のど》ごしがいいのでスイスイ入っていく。ニンニクを誰も食べないので一人で引き受けた。焼くと栗《くり》のようにホックリしておいしいのだ。明日臭かったらソー・ソーリー。

シメは全員冷麺《れいめん》。こちらも美味。テーブルに運んできてからハサミを器に突っ込み、チョキチョキと麺を切るので驚いた。韓国式食事にハサミは欠かせない。

午後十時半、おなかがいっぱいになってホテルへ。朝が早かったからもうくたくただ。パジャマに着替え、歯を磨いていると部屋の電話が鳴った。

「あのう、木村と申しますが……」とユカ編集長の声。例によって二次会のお誘いだ。

ホテルの一階に洒落《しやれ》たバーがあるんだと。全員スタンバイしている様子。元気ですね。行きますか。明日も原稿を書かなくていいのだ。

旅のよさは仕事が追いかけてこないことである。その時間は、楽しむしかない。着替え直して部屋を出た。わたしは廊下を早足で歩いた。

窯《かま》蒸しの恐怖

朝、ホテルで目覚めると、両手で口を覆《おお》いハーッと息を吐きかけ、臭《にお》いをかいだ。ゆうべ焼肉屋で、わたしは大量にニンニクを食べていたのである。寝ていても、口の中がヒリヒリしているのがわかった。ニンニクはしぶといのだ。

起きがけで鼻が利《き》かないのか、よくわからず。まあいい。気を遣わなくていい連中ばかりだ。

ベッドから降り、カーテンを開ける。釜山《プサン》の街はすでに活動を始めていて、眼下の大通りは車がひっきりなしに行き交っている。パトカーのサイレンの音も。人口四百万の大都市は今日も元気だ。

一階に降り、レストランでみんなとビュッフェ式の朝食をとる。ユカ編集長はサラダとフルーツというお上品コース。タロウ君とケンジ君はあるだけ全部コース。現地ガイドのキムさんとわたしは常人コース。昨日まで一緒だったアサミ嬢は、仕事があるらしく朝の飛行機で帰っていった。

「乗れたのかなあ。化粧もしないで飛び出していったけど」同室にいたユカ編集長は不安そうだ。

背中に何者かの気配があり、振り返ったら、ガラスを隔てたすぐ隣で大きな虎《とら》が寝そべっていた。ぎょえーっ。思わず飛び上がる。わたしと虎の距離、三十センチ。

「中庭の虎がこのホテルの名物なんですって」とキムさん。先に教えてください。

虎に気づいた宿泊客の子供たちが寄ってきた。嬌声《きょうせい》を上げ大騒ぎ。あのね、おじさんはゆっくり朝食をとりたいのだよ。あっちへ行きなさい。でも言うこと聞かず。

キムさんによると、今は韓国のお盆に当たる時期で、行楽地やホテルはどこも家族連れで混んでいるのだそうだ。

「キャーッ」「ウギャーッ」コリアンのお子様たちが走り回っている。

ああうるさい。全員憎たらしく見える。アジアの課題は子供の躾《しつけ》だと強く言いたい。

午前九時半、送迎バスに乗り、車で五十分ほどの汗蒸幕《ハンジュンマク》（高温サウナ）へ。韓国伝統の垢《あか》すり体験をしようというのである。

急な坂を上った山の中腹に、そのサウナ店はあった。平屋の古い建物は、ちょっと見は芸者の置屋といった風情《ふぜい》。一人だと、入るのに勇気がいりそうだ。

受付で料金を払い（殿方の基本コースで九万ウォン）、パンツとガウンに着替える。おばさんに案内されてまずはサウナ室に行くと、そこはピザを焼く窯を大きくしたような穴倉だった。

うそ。ここに入るの？　ううっ。わたしは閉所恐怖症の気があるというのに。

麻袋のような布切れを二枚渡される。一枚は座布団《ざぶとん》として使い、もう一枚は濡《ぬ》らしたタオルと一緒に頭から被《かぶ》るのだ。不安がこみ上げる。そういえば、サウナってほとんど経験がないんだよね。熱いの苦手だから。

タロウ君とケンジ君とわたしの三人で穴倉に入ると、中はもの凄《すご》い熱さだった。麻の布がなければたちまち火傷《やけど》しそうだ。

「五分ね」おばさんに簡潔に言われ、扉が閉じられた。

開始十秒で恐怖に包まれた。もしかして鍵《かぎ》がかけられた？　五分経《た》つまで出させてもらえないの？　そう思ったら心臓が縮み上がった。おい、タロウ君。扉を見てきておくれ。

タロウ君が腰を屈《かが》めたまま確認に行く。「大丈夫です。開きます」少しだけ安心した。ここに閉じ込められたら、わたしは一分でパニックに陥ることだろう。

どういう死に方がいちばんいやか、今日はっきりした。韓国式サウナに閉じ込められて、パニックで扉をガンガン叩《たた》き、そのまま干からびて死ぬことだ。

玉の汗がどんどん噴き出てくる。熱すぎて呼吸が苦しいので、濡れたタオルで鼻と口を覆った。ねえ、そろそろ三分は経ったんじゃない？

「まさか、まだ一分半ぐらいですよ」と落ち着き払ったケンジ君。

熱いよー、熱いよー。戦時中、空襲で焼け死んだ人々の気持ちが少しだけわかった気がした。戦争反対。サウナ反対。もうそろそろ五分でしょう。

「まだまだ、これで半分ぐらいですよ」

ああ、なんて長い五分なのか。誰か歌でも唄《うた》ってわたしの気を紛らわせておくれ。

「隅でたまごを茹《ゆ》でてますよ」とタロウ君。窯の中に、籠《かご》に入ったたまごが置かれているらしい。わたしは怖くて見ることもできない。

もうだめ。限界です。わたしは腰を上げると、這《は》うようにして歩き、窯の扉を開けた。一人脱落。外に出て、その場で横になった。うー、気持ちが悪い。

「奥田さん、顔が青白い」見に来たキムさんが心配そうに言った。これ、拷問《ごうもん》でしょう。韓国の人は耐えられるんですか。

「人によります」。そうでしょうね。体の力が抜けた。外の空気をこんなにおいしいと思ったのは初めてだ。

しばらく休憩後、おばさんに「二回目は二分」と言われ、いやいや入る。でも一分で挫折《ざせつ》した。慣れるどころか恐怖が倍加しているのだ。

「三回目はどうします？」とおばさん。三回が基本コースらしい。もういいです。わたしはこうべを垂れた。根性のない日本人と思っていただいて結構です。

サウナのあとは浴室へ。ここには手術台のようなベッドが並んでいて、どうやらここで垢すりがなされるらしい。体格のいい薔薇族《ばらぞく》風のお兄さんたちに出迎えられる。タオル、腰に巻いていい？　と聞いたら、「スッポンポン、スッポンポン」と言われた。どこで覚えたんですかね、そんな日本語。

浴槽に浸《つ》かって汗を流したのち、全裸でベッドに横たわる。あいや、丸腰とはこのこと。またしても不安がこみ上げる。変なとこ、触らないでくださいね。

お兄さんは、垢すり用のグラブを手にはめると、死体でも洗うように荒々しく垢すりを始めた。日本の男子三名、なされるがまま。

垢すりは思ったより痛くなかった。ただし気持ちよくもない。正直に書こう。なんだか人間の尊厳を損なわれたようで、ひたすら居心地が悪いのである。全裸というのは、情けない姿なのだ。

「はい、横向いて。手を上に」そう言われて、寝返りを打つ。すぐ目の前にタロウ君が、こちらを向いて同じバンザイ・ポーズをしていた。ムスコ、だらり。お互い思わず笑ってしまう。

「奥田さんと全裸で向き合うなんて、そうないことですね」

二度とあってたまるか。東京で言いふらしたら承知しねえぞ。

不幸中の幸いは、わたしが強度の近視で、メガネなしでは視界がぼやけることだ。ああ近視でよかった。

二十分ほどで垢すりから解放される。タロウ君はマッチョなお兄さんに気に入られたのか、尚《なお》もこすられていた。

着替えて、今度は全身と足裏のマッサージ。指圧師がおばさんだったので妙に安心した。

はあ。やっとリラックスできる。気持ちよさに、ついウトウト。ここ最近の疲れが、これで取れるといい。ストレスだって溜《た》まっていたのです。

およそ九十分のコースを終え、ロビーに行くと、姫方コースを終えたユカ編集長が憮然《ぶぜん》とした表情で髪を乾かしていた。「人間の尊厳が……」。わたしと同じ感想を抱いたようだ。ふふ。どんなことをされたんですかね。

汗蒸幕とスッポンポンの垢すり、万人には勧めかねます。人間の尊厳にこだわる人は、高級店の方がよろしいようで。

帰りのバスの中、タロウ君が垢すりのお兄さんに何度もムスコを触られたという話で盛り上がる。

「おれは無事だったけどね」とケンジ君。わたしだって操《みさお》は守られた。

そうか、タロウ君は好かれてしまったのか。君はモテるんだね、男にも。あはは。

いざ、勝負だムニダ！

一度ホテルに戻り、すぐさまシャトルバスで海雲台《ヘウンデ》へ。ここは釜山の奥座敷と言われ、夏は海水浴客でにぎわうリゾートエリアだ。そして外国人向けのカジノがある。

ビーチに到着して、その混み具合に驚いた。ビーチパラソルが縦横くっついて並べられ、その下に人がごちゃまんといる。そして、ここでも子供が走り回っていた。

「昔の熱海《あたみ》って感じ？」と眉《まゆ》を寄せているのはユカ編集長である。まあ、確かに。かなり庶民的ではあります。客の大半は家族連れだ。

しばらく眺めていて、人が密集する理由がわかった。砂浜が狭くて、海も遠浅ではないのだ。十メートルほどの沖合で、すでに深さが大人の首まである。そのせいか、人が沖に向かって泳ぎだすと、すぐに監視員の鋭利な笛が響く。賑《にぎ》やかでいいやね。

でも目の前の光景は悪いものではなかった。この猥雑《わいざつ》さが韓国の活気なのだ。彼らの顔は、向上心に燃える民族の顔だ。

海パン持参のタロウ君に泳ぐ気がないようなので、近くのパラダイス・ホテルで昼食をとることに。ビーチが見渡せる韓国料理の店で、二万五千ウォンの石焼ビビンバを食べる。

これが当たりだった。高いだけあって実に旨《うま》い。わたしの人生でベストのビビンバかも。ナムルが品よくご飯に絡《から》んでいる。コチュジャンの辛さも絶妙。うー、釜山に来た甲斐《かい》があった。

昨日の昼食の敵《かたき》を取りたいので、海鮮チヂミを追加すると、こちらもデリーシャス。中がふっくらして、パンケーキのようなのだ。キムさんも満足。本物のチヂミだ。

腹ごしらえをしたところで、同じホテル内にあるカジノへ繰り出す。カジノは本当に久し振りだ。十年ほど前にマカオでやって以来である。

わたしはかつて麻雀《マージャン》もポーカーも大好きだったが、このところすっかりご無沙汰《ぶさた》している。作家稼業《かぎょう》の方がずっとギャンブルなので、熱中できなくなったのだ。

でも今日はやるもんね。異国で勝ってやるのムニダ。

大小のテーブルで肩慣らしをしたのち、二万円分のチップを持ってルーレットへ。ユカ編集長とタロウ君の間に割り込んだ。二人は勝ったり負けたりの様子。

わたしは、赤黒に十枚（二千五百円）と一点賭《が》けに二枚（五百円）賭けることにした。一回につき三千円。これなら負けても痛手は少ない。

「奥田さん、豪気ですね」サラリーマン・タロウ君は、可愛《かわい》く一枚ずつ賭けていた。

これまでの出目の傾向を頭に入れ、まずは赤に十枚。当たり。出だしは快調だ。

最初の三十分で五万円ほど浮いてしまう。ほっほっほ。レートを上げようかしらん。と思っていたら負けが続いて、あっという間に元金を割ってしまった。そうなんだよなあ、波があるのが賭け事なのだ。

斜め向かいに日本人のおじさんがいて、豪快にチップを積み上げていた。聞くと、福岡から遊びに来た常連客らしい。大阪まで行くよりずっと安上がりと笑っていた。

釜山と西日本は、我々が思っているよりずっと近しい間柄のようだ。

チップの方は増えたり減ったり。時間があっという間に流れて、時計はすでに午後六時を過ぎている。ギャンブルをやらないケンジ君とキムさんがあまりにも退屈そうなので、そろそろ切り上げることにした。

ユカ編集長はチョイ勝ち。タロウ君はチョイ負け。わたしの手元にはちょうど二万円分のチップが残っていた。行って来いですか。堅実過ぎるよなあ。

最後に赤に全部賭けた。負けたって知れている。

そしたら勝って倍の四万円に。ほっほっほ。わたしは祝福されている。

ホテルを出ると、いい具合に夕焼け空になっていた。キムさんの提案で遊覧船に乗ることに。海雲台からは五六島《オリユクド》を一周する船が出ているのだ。

船着場まで徒歩で行き、古めかしい小型船に乗ると、家族連れや若者グループで満員だった。早速出港。エンジンがうなりを上げて、水営湾《スヨンマン》を疾走する。デッキのスピーカーからはチョー・ヨンピルの『釜山港《プサン》へ帰れ』が大音量で流されていた。非常にうるさい。コリアンは耳がタフにできているのでしょうか。

風に吹かれながら岸を眺めた。ライトアップされた橋がとても美しい。ふうん。巨大観覧車なんかもあるんだ。

潮の満ち干によって五つに見えたり六つに見えたりするという五六島を巡って、約五十分の遊覧航海。その間ずっと韓国演歌を聞かされたので、鼓膜がわんわん鳴っていた。

下船後、せっかくだから夕食もここでとろうというので、たまたま目についた海鮮料理屋に入る。エアコン、なし。汗かいて食べますか。

カニ鍋《なべ》と牛鍋、わたしのしつこいリクエストで海鮮チヂミを注文する。この旅は食べてばかりですな。でもしっかり腹が減るので、それだけ活動しているということなのだろう。

鍋はいずれも美味。カニのだしの出具合などは最高で、雑炊にして食べたいくらいだ。チヂミもおいしい。思い残すことはありません。五人でたらふく飲んで食べて八万五千ウォン。街の食堂の価格はどこも良心的だ。

タクシー二台でホテルに帰る。まだ寝るには早いので、近くの屋台街をひやかす。十時を回っているというのに、みんなが道端で飲み食いしている。夜の活気が街の活気だ。釜山は巨大な胃袋のような都市だ。

好奇心でわたしも屋台の煮込みおでんを食べる。甘辛くて不思議な味だった。隣に女子大生の二人組がいて、タロウ君が調子に乗って「キヨウォヨ（可愛いね）」と声をかけたら、「カワイイ？」と日本語で聞き返された。はは。カワイイは海を渡るのですね。

ホテルに戻り、ユカ編集長からの「もう寝るんですか」という電話の誘いを振り切り、ベッドに倒れ込む。はー。楽しい一日でした。遊び疲れは心地よい。五分で眠りにつくことができた。

運命の噴水台

旅の最終日、午前九時にロビーに集合して前日同様の朝食をとる。聞くと、みんなは午前二時まで飲み、そのうちのケンジ君は朝七時に起きてホテルのプールでひと泳ぎしたらしい。なんちゅう元気のよさ。キムさんも呆《あき》れていた。

スクランブルエッグを山盛りによそい、ソーセージ、ポテト、パン、サラダとたらふく食べる。昨夜、バスルームの体重計に乗ったら、二キロ増えていた。旅先で大食い、というのがすっかりわたしのパターンになってしまったようである。

食後は、隣のロッテ・デパートの免税店へ。単なるひやかしである。わたしは免税店で買い物をしたことが一度もない。

ユカ編集長がしきりにわたしに何か買わせようとする。「お客様、これなどいかがでしょうか」高級腕時計を指差している。

いりません。腕時計なんて動けば充分。

「印税、入ったでしょう。これくらいポケットマネーで買えるんじゃないですか」

それでもいりません。金回りがよくなって、持ち物が急に変わるなんて厭味《いやみ》でしょう。それに、わたしは基本的にブランドに関心がないのです。

ついでに言うと、贅沢《ぜいたく》に向いていない。ポルシェを手に入れたとしても、その維持が面倒臭い。車はこすってても気にならないものがいい。要するに消費志向までモラトリアムなんですな。はは。

「じゃあ噴水台は？　奥田さんの好きな玉の回るやつ」

おお、それならいいかも。書斎に置いて、毎日眺めるのだ。フルサイズのものは大き過ぎるから、卓上タイプがあったら買ってもいい。

陶器売り場に行くが、噴水台は見当たらず。となると急に欲しくなる。タクシーを飛ばして、国際市場の店に行くことにした。

釜山発博多《はかた》行きの高速艇は午後二時半なので、最後のショッピング・タイムだ。国際市場を歩き、初日に噴水台を見かけた陶器店にたどり着く。軒下の陳列品をチエックしていたら、テーブルに置けそうな小さなそれがあった。

うん、これならいいかも。持ち帰れるし。韓国伝統の青磁器というのもいい。キムさんに値段を聞いてもらうと七万ウォンだった。お約束で値切ってみると、今はセール中でただでさえ値引きしているのだ、と若い店員がかぶりを振った。

わかりました。これをいただきます。旅先で買い物をするなんて実に久し振り。なにやら胸がふくらんだ。

モーターのコンセントを日本仕様に変えてもらう間に、ほかの商品を見て回った。韓国の食器はほとんどが鉄製なので、陶器は茶器を除いて大半が飾り物だ。中国製ほどカラフルではないのは李朝《りちょう》文化の名残りだろう。シンプルで、清楚《せいそ》な美しさがある。ところで噴水台って、日本の招き猫みたいに何かの縁起物なんですか？

「さあ」とキムさんが肩をすくめる。単なるインテリアみたいです。

買い物のあとは昼食。釜山で食べる最後の食事は何にしましょうか。

「やっぱ焼肉ですか」とタロウ君。黙らっしゃい。一昨日《おととい》食べたばかりだろう。

「参鶏湯《サムゲタン》なんてどうですか？」とユカ編集長。何ですかそれは。聞くと、鶏《とり》に餅米《もちごめ》やナツメ、高麗《こうらい》人参などを詰め込み、長時間煮込んだスープらしい。詳しいね、この人は。外国にいっぱい行って、世界の料理をいっぱい食べている。だから編集者は嫌いだ。

「奥田さん、知らないんですか？」

ふん、知らねえよ。一般人は家にいて毎日御飯と味噌汁《みそしる》を食べているのだ。

キムさんがタクシーの運転手に、市内でおいしい参鶏湯を食べさせてくれる店を聞く。運転手が「任せなさい」という感じで胸を張るので、案内してもらうことにした。

繁華街から少し離れた専門店に連れていかれる。エアコンが効いているので一安心。キムさんによると、参鶏湯は、日本人が夏に鰻《うなぎ》を食べるように、暑い季節に熱いものを食べて精をつけようという夏の伝統料理らしい。

座敷に通され、待つこと十五分で参鶏湯が出てきた。ふうん、白いスープなんですね。

「まずは箸《はし》とスプーンで鶏肉をほぐしてください。食べるときは塩と胡椒《こしょう》をふって、好みの味付けにしてから」

キムさんの指導に従って、鶏肉をほぐす。するといとも簡単に身が骨から離れ、中の御飯がなだれ出てきた。とろみがあって全体が雑炊のようになる。韓国料理はなんでもかき混ぜるのが基本ですな。

一口食べてみる。アヂヂ。韓国人に猫舌の人はいないのだろうか。

食べ進むとおなかがポカポカと温かくなってきた。やがてそれは全身に及び、額に汗が滲《にじ》んでくる。風邪をひいたときに食べたら効きそう。

味はとてもマイルドだ。そういえば、韓国に来たというのに激辛料理は食べてませんね。

「じゃあこれ」ユカ編集長が付け合せの青トウガラシを差し出した。

いただきましょう。最後はトウガラシで締めるのもいい。

丸ごとかじる。一秒、二秒、三秒。ひ、ひ、ひぃーっ。思い残すことはありません。

午後二時、釜山国際旅客ターミナルで乗船の手続き。キムさんが韓国のお菓子をお土産としてプレゼントしてくれた。感激。韓国の人は情に厚い。

韓国というと、真っ先に反日感情という言葉が思い浮かぶが、この旅行中にそれを感じることは一度もなかった。住むとなればまた別の経験もしなければならないのだろうが、旅人として感じる韓国人は、みな人懐《ひとなつ》こくて、親切だ。みんな堂々としているのもいい。コリアンの血を誇っている。

キムさんと別れ、博多行きの高速艇「ジェビ」に乗る。釜山・博多間は、日本のJ

R九州が運航する「ビートル」と、韓国の「ジェビ」とが相互運航している。片道料金が大人一万三千円。佐賀から来たというツアー客に聞いたら、二泊三日のパック旅行で四万六千円だと言っていた。九州の人たちにとって、釜山はまさにお隣なのだ。シートにもたれ、海を眺めた。あと三時間で博多だ。つかの間の夏休みが終わろうとしている。明日は雑事を片付け、明後日《あさって》からはサイン会で関西に行かなければならない。帰ったらまた原稿。この先一月ぐらいは、また休みが取れそうにない。

一人吐息をつく。仕方ないか。仕事のあるうちが花なのだ。

ガムを食べようと、ヒップバッグを開いた。中に青トウガラシが二本あった。それを見たユカ編集長とタロウ君とケンジ君がうしろで笑い声を上げる。さっきの店で、わたしがトイレに行った隙《すき》に忍ばせておいたらしい。

はいはい。遊んでくれてありがとう。

ほどけた雲の合間に青空がのぞいている。そこから差す光が海面をキラキラと輝かせていた。

第五便　食い意地のせいなのか？

日本海篇

日本海で肥ゆる秋

旅に出て太る。ここ最近のわたしのパターンである。

理由は簡単で、まずは朝食をとるからだ。

普段のわたしは朝食をとらない。哀愁の単身者は、朝、のそのそとベッドから降りると、キッチンの冷蔵庫からヨーグルト（最近はヴァニラがお気に入り）を取り出し、プラスチックスプーンで口に運ぶ。それだけ。約百キロカロリー。あとはコーヒーを飲んで、昼が来るのを待つ。そういう生活に体が慣れているので、一食分まるまる身についてしまうのである。

しかもその朝食を、わたしはたくさん食べる。昨今のホテルがたいていビュッフェ式を採っているせいだ。どれだけ食べても同じ料金と言われれば、少しでも得をしようとするのが人情である。ご飯なら当然おかわりをするし、スクランブルエッグなら卵三個分は盛ろうとする。そうやってカロリー摂取量は増えていく。

　そして朝食をとっても、昼にはちゃんと腹が減る。おまけに、ついビールを飲んでしまう。注文する品も、ヘヴィなものだ。

　これはひとえにわたしのやさしさによる。ビールを飲みたそうにしている編集者やカメラマンを前にして、「お茶でいいや」とは言えない。作家がお茶を飲めば自分たちも付き合うのが出版社の人間だ。だから無理をしてでも、ビールを飲む。また、担当のタロウ君はいつも肉を欲しているので、頼みやすいようにわたしが先に注文してあげる。必然的に高カロリーとなる。

　とどめを刺すのは夕食だ。取材で訪れておいて、軽く済ませることは不可能と言っていい。卓にはご当地料理がずらりと並び、地酒が振舞われる。昨今では「先生」扱いされることも珍しくない。「さ、さ、先生。たくさんお召し上がりください」。そう言われれば、期待に応《こた》えなくてはと思う。わたしは気配りの人だ。

　つまり、旅に出ると一日三食、腹いっぱい食べてしまうのである。そりゃあ太りますぜ、ダンナ――。

　そんなことをつらつら考えながら、名古屋に向かう新幹線の車中、わたしは品川で買った豪華な中華弁当をパクついている。十一時五十八分発ののぞみ十五号。東京駅で先に乗っているはずのタロウ君やカメラマンと座席で落ち合うことになっていた。はて、昼時だが、昼食はどうするのだろう——。品川駅でわたしは考え込んだ。あやつは作家のために弁当を用意するなどという気の利《き》く男だったろうか。いいや、手ぶらに決まっている（当たった）。わたしは躊躇《ちゅうちょ》なく、京急ストアで弁当を買い求めた。どうせなら盛り沢山のやつがいい。選んだのが、千三百円の特選中華弁当であった。酢豚もエビチリもシュウマイも入っている。おかずが豊富なのでビールも飲める。

あんた、実は食い意地が張っているだけだろう——。いや、まあ、そうかもしれませんが。

わたしは、自宅以外の場所での空腹を恐れる人間である。食えるときに食っておこうと思ってしまう。それがいけないんですね。わかっちゃいるけど直らない。太ってきましょう、今回も。行く先は福井の敦賀《つるが》と新潟佐渡である。日本海で獲《と》れた新鮮な魚を食いまくることは目に見えているのだよ、ほっほっほ。

名古屋で東海道本線経由・北陸本線特急「しらさぎ九号」に乗り換える。敦賀で一泊し、船で新潟に渡り、そこから佐渡を目指すという、例によって酔狂な行程だ。天候は薄曇り。十月も半ば過ぎだというのに台風が近づいている。今年は台風の当たり年だ。釜山《プサン》へ行くときも、仙台へ行くときも、台風を気にしながらの船旅だった。一度ひどい目に遭えばいいのだ。そうすれば編集部も考え直すだろうって、わたしが被害者になるのですが。

車内ではタロウ君が名古屋名物きしめんを食べていた。表面でカツオブシが元気よく踊っている。懐《なつ》かしいので一口もらう。ああいかん。三口も食べてしまった。ついでにつゆも。麺類《めんるい》はおやつ、ということで自分を納得させる。

途中、我が郷里の岐阜駅を通った。帰ってませんな、正月以外は。N木賞を獲ってからというもの、「祝ってやるから帰って来い」攻勢が続いているのだが、忙しいと逃げ回っている。重いんですよ、郷里は。上京組ならわかっていただけるだろう。昔の自分を期待されても困るんですね。ここ、字を小さくしてもらいたいなあ。無理か。

窓から眺める岐阜の町は、灰色の空の下、全体がくすんで見えた。みなさん、お元気で。わたしは元気です。

午後二時五十五分、米原《まいばら》駅着。ここで進行方向が変わるので、座席を反対に向ける。しばらくすると左手に琵琶湖《びわこ》が見えた。やはり大きい。ほとんど海だ。琵琶湖は子供の頃、一度来たきりだ。船で対岸まで渡った記憶がある。わたしは小学校低学年で、モーター付の船に乗ったのはあれが初めてだった。

記憶の糸がするすると ほぐれる。風が強い日で、父の会社の同僚に「揺れるぞ。酔わんか、酔わんか」としつこく聞かれたのだ。わたしはまるで酔わなかった。それどころか、もっと揺れれば面白いのにと思っていた。後年こんな連載を持つとは考えてもみなかった英朗少年が、三十数年前、この湖にいたのである。人生はわからない。

ともあれ、列車は進む。わたしは地方を鉄道で行くのが好きだ。車窓から町並みを見ていると、日本は大半がスモールタウンだということがわかる。東京に住んでいると、こういう暮らしがあることをつい忘れる。生活には金がかかるものと思い上がる。慎《つつ》ましく生きるということなら、わたしは結構得意なのである。だから地方を見て、わたしは勇気づけられる。

旅の効用は、ローカルを知り、謙虚になれることだ。普段が傲慢《ごうまん》ですからね。

「三大ナントカ」の謎《なぞ》

午後三時二十五分、敦賀着。ホームに降り立つと、蒸気機関車が停まっていて、人だかりが出来ていた。駅員さんに聞くと、地元のお祭りに合わせてSLを走らせたのだそうだ。機関車の前では、家族連れが記念撮影大会を繰り広げている。高価な撮影機材を携えた鉄道マニア及びカメラ小僧たちも大勢いる。

カメラマンのケンジ君がその中に入ると、ライバルたちの視線が降り注いだ。

いや、この人はプロだから、機材が本格的なのは当たり前のことで……。

「奥田さん、前に立ってください」

ケンジ君の指示に従い、なんじゃこの人という視線を浴びながら被写体となる。彼らの目には不思議な男三人衆に映ったことだろう。

駅前には、敦賀市の商店街が目の前に広がっていた。日曜日なのに人影はまばらだ。シャッターの閉じた商店が多く、お休みというより閉店してしまった感じである。乗ったタクシーの運転手に聞いたら、買い物は郊外のスーパーに行く人が多くなって駅前は寂《さび》れてしまったとのこと。地方はいずこも同じだ。岐阜も柳《やな》ヶ瀬《せ》がすっかり静かになってしまったと、母親から聞いた。

「昨日、料理人の神田川先生を乗せましたよ」と運転手さん。お祭りのイベントで敦賀に来ているのだそうだ。「仲間はマラソンの有森裕子《ゆうこ》を乗せてましたね」

なにやら誇らしげ。地方では有名人が来ること自体がニュースなのだろう。

助手席のタロウ君が含み笑いをして、何か言いたそうに振り向く。余計なことを言うんじゃねえぞ、おれのことなんか知るわけがないんだから。目で威嚇《いかく》する。作家はマイナーポエトでいるのがいちばんである。

港近くの観光ホテルにチェックインし、まずは名所である気比《けひ》の松原へ。なんでも「日本三大松原」のひとつに数えられているらしい。ちなみに残りの二つは、三保《みほ》の松原（静岡）と虹《にじ》の松原（佐賀）。

「三大ナントカ」って、いつも三番目がこじつけるんだよね——と意地悪を言うのはわたしである。「世界三大美女（クレオパトラ、楊貴妃《ようきひ》、小野小町）」というのを、わたしは大人になるまで信じていた。冷静に考えれば、他国の人が小野小町など知る道理もないのに。

「世界三大料理」もそうだ。韓国人が「世界三大料理とはフレンチ、中華、韓国料理である」と大真面目《おおまじめ》に言っているのを聞き、目から鱗《うろこ》が落ちた。みなさん、自国に自惚《うぬぼ》れているのである。

果たして気比海岸に行ってみれば、美しい松林が広がっていた。へえー、失礼しました。いい所ではありませんか。約一・五キロの長さで、白砂に青松のコントラストが見事に映えている。風も心地よい。夕暮れ時なので、カップルがたくさんいた。駐車場には滋賀ナンバーや京都ナンバーの車が多かったので、近隣県の人たちの格好のデートコースなのだろう。

一組のカップルに「写真を撮ってください」と頼まれ、快く引き受ける。はい、チーズ。お幸せに。

堤防では、子供たちがカワハギ釣りに興じていた。聞くと、釣果《ちょうか》はもちろん食べるらしい。小さなフグが釣れたのにはびっくり。一丁前にふくらんでいた。

海岸の次は、気比神宮へ。ここには「日本三大木造鳥居」のひとつがあるらしい（笑）。確かに立派な鳥居でありました。残りの二つは春日《かすが》大社（奈良）と厳島《いつくしま》神社（広島）であるとか。

中に入って参拝し、おみくじを引く。中吉であった。吉も中くらいがいい。ケンジ君は大吉。タロウ君は凶。あはは。日頃の行いじゃ。

どこかの飲食店のママさんらしい人がやって来て、賽銭《さいせん》を投げ入れ、鈴を鳴らして手を合わせ、足早に去っていった。商売繁盛《はんじょう》を願って毎日来ているのだろう。地元に根付いた神社というのはいい。ほっとする光景だった。

続いては、近年の観光名所になっているという「日本海さかな街」へ。地元敦賀の仲買業者を中心に七十店舗余りが軒を連ねる市場で、漁港から直送された新鮮な魚が所狭しと並べられている。「お兄さん、カニどう？「カニ」あちこちから声がかかった。実に活気があって、駅前の寂しさがうそのようだ。

中には飲食店もあり、焼きサバのいい匂《にお》いが漂ってくる。若狭《わかさ》かれいの干物なんてのもありますな。うー。見ていると腹が減ってきた。敦賀のホテルでカンヅメになって、夜になるとここでイッパイというのもいいかもしれない。毎度のことだが住みたくなってきた。

もはやカロリー計算を放棄

午後六時になって、「丸勘」という評判の寿司屋《すしや》へ。タロウ君が漁協に問い合わせ、いろいろ候補が上がった中で、「テレビのある店」とわたしがリクエストして決まった店だ。今日は日本シリーズ第二戦。ドラゴンズ・ファンのわたしは、ラジオだって持参しておるのだよ。

清潔な付け台に陣取ってまずはビール。「このあとどうすればいいんですか？」タロウ君が小声で聞いてきた。「寿司屋のカウンター、ほとんど経験ないんです」ういやつ。わたしにもこういう日があったなあ。

つまみを適当にお願いする。寿司屋では板さんに任せるのがいちばんなのだよ。タイ、アワビ、イカ、いろいろ出てくる。甘エビは卵の黄身をまぶして醬油《しょうゆ》がたらしてあった。おお、美味。ワサビがなくても味の引き出し方はいろいろあるのですね。酒をぬる燗《かん》で頼み、つまみを食べる。きりりと締まった辛口の地酒であった。

ところで野球はどうなったのだい？ テレビに目をやると、西武の外国人選手が初回にいきなり先制ツーランを打ち込んでいた。あーあ。くそったれが。

握りに移り、まずはコハダ。白身かヒカリモノで始めるのが、わたしのここ十年の習慣だ。うん、旨《うま》い。酢のシメ加減がいいですね。醬油がいらない。

続いてマグロの赤身を頼もうと思ったら、撮影用に頼んだおまかせセットが出てきたので、ケンジ君の撮影を待って食べる。ヒラメにウニにトロ。イカも旨い。日本海といえばイカなのである。

鰻《うなぎ》の握りを注文。東京とちがって、敦賀は鰻がポピュラーなようだ。これがなかなかの味わい。ツメがない方が、香ばしさが口の中に広がるのだ。

野球の方は、ここで中日が逆転。ほっほっほ。西武の松坂相手だからたいしたものである。

「何の撮影ですか？」店の常連らしいグループから声をかけられた。タロウ君が雑誌を見せて説明及び宣伝をする。「あそこにいらっしゃるのはN木賞作家の奥田英朗さんで」余計なことも言う。急に店内が賑《にぎ》やかになった。「おい、誰か本を買って来い」。あ、いえ、そこまでならなくても……。

そんなこんなで握手&サイン会になる。計四冊もお買い上げいただいてありがとうございます。「がんばってね」と激励される。敦賀の人は温かいいい人たちです。

店主が生簀《いけす》からエビを取り出し、わたしにだけ握ってくれた。役得ですな。大満足。言い忘れたがシャリも旨い。日本海のお寿司屋さんは良心的である。

腹がいっぱいになったところで、近くのスナックへ。日曜ということもあってか、客は我らのみ。若いママさんに「電気関係の人ですか？」と聞かれた。県外から来る客はほとんどが電力会社の技術者や工事関係者なのだそうだ。さすがは電力供給の町である。

ウイスキーのソーダ割を飲んで、あれこれおしゃべり。あ、そうだ。野球はどうなったんでしょうね。まあいいか。消えてなくなるチームのことを思えば、リーグ優勝だけで感謝である。

ホテルの大浴場に入りたいので、午後十時に店を出る。「この先の国道にラーメンの屋台で有名な場所があるらしいんですけどね」とタロウ君。おぬしは牛か。胃袋いくつだ。

でもせっかくなので行ってみることに。日曜なので二軒しか出ていなかった。やけにいい匂いが漂ってくる。ええい、食っちゃえ。一軒のラーメン屋台で三人とも注文する。

懐かしい味だった。エースコックのワンタンメンをプロがちゃんと作った感じ。これは拾い物。スープも飲み干す。

太るよなあ。今日はいったい何キロカロリー摂取したのだ。

店のラジオから演歌が流れている。あ、ご主人。ところで野球はどうなりました？

「中日が勝ったよ。立浪《たつなみ》がホームラン打ってた」

よしよし。これで一勝一敗のタイだ。

高速道路網ができる以前、敦賀駅前の国道8号線は北陸と関西を結ぶ主要ルートだった。コンビニがない時代、敦賀の屋台ラーメンは、夜間のトラックドライバーたちのオアシスだったのだ。今はすっかり静かだが、昔はもっと賑わっていたのだろう。屋台でプロ野球談義にも花が咲いたにちがいない。

そんなことを思っていたら、一台の大型トラックがやってきた。目の前に停車し、ラジオの天気予報で、超大型台風二十三号はゆっくり北上中と言っていた。

いいですね。運転手相手、これが屋台ラーメンの王道だ。旅人は去るとしますか。

運転手が降りてくる。顔見知りらしく店主と談笑していた。

これぞ、港町食堂！

朝起きて、まずはテレビで天気予報を見る。台風は太平洋上にあり、今夜遅くには九州か四国に上陸する見込みらしい。北陸は晴れのち曇り。日本海は凪《なぎ》で、航行には問題なさそうだ。

ホテルの朝食をパスして、午前九時過ぎ、漁港に隣接する食堂「定吉」に行く。ここはその日の朝に揚がった魚を食べさせてくれるのだとか。黒板にチョークで品書きというのがいい。メニューは流動的なのだ。さて、何を食べましょうかね。

「今朝、揚がったのはね、カレイにアジにキジハタに……」親切な女将《おかみ》さんがいろいろ教えてくれた。わたしはカレイの煮付け定食を注文することに。

これが美味。肉厚の身がほっくりとして、味の染《し》み加減もちょうどいい。炊《た》き立てご飯に、温かい味噌汁《みそしる》に、新鮮な魚。しあわせって、きっとこういうものなのですね。

タロウ君が頼んだキジハタ（アコウダイ）の煮付けと、ケンジ君のアジの塩焼きも横からつまむ。うー、どれも旨い。ご飯をおかわりして、イカの刺身を追加する。体重増加へ一直線。今日の昼食は抜くことを決意。どうせ船室で寝転がっているだけだろうし。

イカの刺身、なかなか到着せず。忘れてるんですかね。時間はかからないでしょう、捌《さば》くだけだから。

タロウ君に厨房《ちゅうぼう》をのぞかせると女将さんの姿がなかった。ええと、どこへ？

窓から外の様子をうかがう。女将さんが港からイカを一杯ぶら下げて歩いてきた。あらま、注文を受けてから仕入れに行ったのか。なにやらうれしくなってきた。

出てきたイカ刺しは甘くて弾力があって、最高の逸品であった。獲《と》れたてとはこんなにおいしいものなのか。ワサビを醤油に溶かし、ちょいと付け、熱々のご飯に載せて、わしわしとかき込む。ほっほっほ。高笑いしたくなるではありませんか。

ちなみに、魚のアラが入った味噌汁もデリーシャスであった。こんな朝食を毎日食べたいものだ。

大満足で食堂をあとにする。ホテルで荷物をピックアップして、タクシーで敦賀《つるが》フェリーターミナルへ。途中、素朴な港町には似つかわしくない巨大な火力発電所の横を通った。雇用と税収を生み出す工場は、地方自治体にとっては大切なお客さんなのだろう。

でかくて、人影がないので、余計に無機質に映る。経済大国の舞台裏、という言葉が浮かんだ。都会でネオンを浴びて暮らしている身としては、少し複雑な思いをさせられる光景である。いつぞや事故を起こしちゃった美浜《みはま》原発は、さらに人里離れた場所にあるのだそうだ。

食べること以外にやることナシ

午前十時過ぎ、ターミナル着。平日なので空《す》いているかと思いきや、熟年夫婦の団体でロビーは一杯だった。みなさん大阪からの人で、敦賀からフェリーで秋田まで行き、東北を回るツアーなのだそうだ。というわけで一等以上の船室は空きなし。

「奥田さん、二等でいいですよね」とタロウ君が明るく言う。

ああいいよ。わたしは投げやりに答えた。これで五回目の船旅になるが、個室を与えられたのは最初の回だけである。はめられた、ってやつでしょうか。

新日本海フェリーの「あざれあ」に乗船する。旅客定員九二六名、全長約一九五メートルの大型船だ。ホテル並みの清潔さで、ビデオシアターや大浴場も完備している。でも二等和室は枕《まくら》と毛布が並ぶ雑魚寝《ざこね》部屋であった（一人四千六百円）。一人分のスペースは六十センチ幅ほどしかない。ううっ。ここが満員じゃなくてよかった。それに新潟到着は午後十時四十分なので、泊まるわけではない。

午前十一時、出港。デッキに出て海を眺める。最近、海ばかり見ているなあ。実はこの旅の直前まで、石垣島で二週間ほどカンヅメになっていた。リゾートホテルの窓《まど》際《ぎわ》にテーブルを移動して、毎日海を見ながら原稿を書いていた。縁がないときは平気で十年ぐらい海と縁がないのに、続くときは連鎖的に続く。人生は、万事そういうところがある。

雲が消え去り、ぽかぽか陽気になってきた。上着がいらないほどだ。ベンチに腰を下ろし、しばらく陽を浴びていた。

「そろそろ昼食なんですけど。ここ、十二時から一時までしかレストランが開いてないそうです」とタロウ君。

二時間とちょっと前に食ったばかりだろう。パスだ、パス。

「ちなみに夕食は六時から七時までだそうです」

青年の家ですかい、ここは。船旅は融通が利《き》かないところが欠点である。ともあれ、昼食は抜くことに。で、およそ十一時間、まったくやることとなし。今回は船内泊がないので、正真正銘のナッシング・トゥ・ドゥなのだ。

卓球でもやりますか。台もあることだし。フロントでボールとラケットを借りてくる。

卓球なんて何年振りだろう。大人になってからはほとんど記憶がない。タロウ君と打ち合うとたちまち汗だくになった。ラリーが続かず、ボールを拾いに走ってばかりいるからだ。

それでも十分ほどするとコツがつかめ、ちゃんと打ち返せるようになった。でも二十分で飽きる。タロウ君はともかく、わたしはゲームが出来るほどの腕前ではないのだ。球技はうまくないと面白くもない。

ああやめた、やめた。あとはケンジ君と二人でやっておくれ。

一人で船内を散策。と言っても日本のフェリーはどれも似たようなものなので、ことさら珍しくもない。

船室へ戻り、固い床に毛布を敷いて横になる。出がけに買った本を読む。新幹線の中であらかた読んでいたので、三十分ともたなかった。目を閉じるが、とくに眠たくもない。

起きてロビーラウンジに行く。テレビで大リーグのプレーオフを放映していた。ああ野球好きでよかった。これがゴルフ中継だったら退屈で死ぬところだ。

食事を終えたシニア層もすっかり暇なようで、テレビの前で野球談義をしている。

「松井もたいしたもんや。ヤンキースの四番やでな」

「そやそや」

無難な会話は、床屋政談に似ている。とりたてて関心があるわけではないのだ。

タロウ君が自販機で買ったたこ焼きを持って現れ、わたしもいただく。無性に甘いものが食べたくなり、ソフトクリームも買い求める。カロリー、摂《と》っちゃってます。

野球は延長戦に入るが、どうでもよくなった。わたしは、テレビには集中できない人間になってしまっている。一時間も経《た》つと、見ること自体が面倒臭くなるのだ。

午後二時半、レッドソックスのサヨナラ勝ち。まだ八時間以上もある。

フロントでオセロゲームを借り、タロウ君と対戦。

あろうことか負けてしまう。なんたる屈辱。面白くないので一回でやめる。

再び船室に戻って横になった。タロウ君とケンジ君は寝付いたが、わたしは眠れない。

展望プロムナードに出向き、椅子《いす》に腰掛けた。海を眺める。ああ退屈。シニア層の皆さんは、夫婦単位で静かに語り合っている。

船旅を楽しむ条件は、話し相手がいるかどうかなんですね。今頃になってわかった。そしてこういう時間たっぷりの旅に夫婦で出られるというのは、これまでちゃんと会話をしてきた実績があるからなのだ。ロビーラウンジのテレビの前にいるおとっつぁんたちは、どちらかというと夫婦関係をサボってきた感じがするもの。

なんてことをつらつら思い、我が身の老後に不安を覚える。作家でなければ、わたしのような偏屈者は誰にも相手にされないのだろうなあ。

一人、海を眺める。ひたすら眺める。しばらくすると能登《のと》半島が見えた。海側から見るのは、もちろん初めてだ。

途中、夕焼けがきれいだった。日本海の夕焼けは哀愁が漂ってますな。

午後六時、夕食の時間。いい具合に空腹なので勇躍レストランに乗り込む。ビュッフェ・スタイルで皿を取り、最後に会計をするシステムだ。エビフライに、ポテトサラダに、きんぴら、味噌汁、ご飯は大盛りに。もちろんビールも。となれば、つまみ用に唐揚げとカツオの刺身もトレイに載せる。超高カロリーだが知ったことではない。がつがつと食べる。期待などしていなかったのに、エビフライが旨《うま》くてびっくりした。素材がうんぬんと言うより、コックの腕前がいいのだろう。表面はカラッと揚がっていて、中のエビはふんわりしているのだ。フライのお手本ですな。高評価。で、食べ終えると再びやることなし。また船室で寝ると言う二人と別れ、売店で雑誌を買い求め、ラウンジでぱらぱらとめくる。ほかの客は個室で休んでいるようだ。広いスペースに、数人しかいない。

テレビではまた大リーグ中継。地上波が入らないせいでこればっかりだ。風呂《ふろ》にでも入ろうかなあ。でも、ここだと湯上りにパジャマでくつろぐわけにはいかないしなあ。思案の末、新潟に着くまで待つことに。今夜はちゃんとしたシティホテルに泊まれるのだ。

椅子に深くもたれ、ぼんやりとテレビを眺める。普段はめったにテレビを見ないので、貴重な時間と言えば貴重である。ときおり挿《はさ》まれるニュースの女子アナを品定め。美人はいいですね。今夜はこのあと、真《ま》っ直《す》ぐ帰宅ですか？

小さく鼻歌を唄《うた》う。なぜかジャック・ジョンソンが出てきた。波の上だからか。続けてカラパナもハミングする。でも潰《つぶ》れる時間はせいぜい三十分。川柳《せんりゅう》でもひねりますか。

《旅人は　船の上でも　歳《とし》をとり》

才能ないッス。

午後八時過ぎ、窓の外を見ると、左手に佐渡島らしき夜景が見えた。これでやっとあと二時間半。

大あくび。吐息。首を左右に曲げ、凝りをほぐす。鼻毛を抜く。痛てて。

考えてみれば、何もしなくていい一日なんて、何ヶ月ぶりだろう。N木賞受賞の騒動以降、こんなに無為な時間を過ごしたのは初めてだ。

そうか、これは編集部の気遣いなのか。体と頭を休めてくださいという配慮なのか。サンキュー、ユカ編集長。やさしいなあ。個室を用意してくれるともっとやさしいなあ。

何度もあくび。船は午後十時四十分、定刻どおり新潟港に到着した。

トキは本当に保護すべきか

敦賀から新潟に船で渡った旅の三日目は、午前六時半に起きてシャワーを浴びた。昨夜のチェックインが午後十一時過ぎだったので、眠ったのは六時間程度だ。大型台風がいよいよ日本列島に近づいてきたので、佐渡島へ渡る予定を早めたのである。新潟地方の天気予報は、夕方から雨模様だと言っている。

ホテルのレストランでビュッフェ式の朝食。クロワッサンがおいしくて三個も食べてしまう。どんと来いカロリー。ベーコンもソーセージもいただきました。

大急ぎでチェックアウトして、タクシーで佐渡汽船ターミナルへ。待合室に行くと、スーツ姿の会社員たちで溢《あふ》れかえっていた。なるほどね。朝の佐渡便はビジネスシャトルなわけだ。ちなみに新潟→両津間は片道で一人五千九百六十円（全席指定）。フェリーだと時間はかかるが二千六十円（二等）で済む。

午前八時発のジェットフォイル「すいせい」に乗船。テレビではまたしても大リーグ中継をやっていた。ほかにすることもないので、乗客はテレビ画面を見つめている。ヤンキースの松井も、まさか佐渡行き高速艇の乗客が、みんな自分を見ているとは思ってもいないだろう。世界は広いのか、狭いのか。

外は曇り空。少し波はあるようだが、ジェットフォイルなので揺れることもなく、すいすいと佐渡海峡を進んでいく。

丁度一時間で佐渡の両津港に到着。ターミナル内の営業所でレンタカーを借り、まずは「トキ保護センター」へと向かった。佐渡といえばトキなので、無視するわけにもいかない。

行ってみると、駐車場には朝早くから観光バスがたくさん停まっていて、シニア層がぞろぞろと入場していた。やけに偽善的な環境保全協力費なるもの（二百円）を払って我らも入る。まずは資料展示館でお勉強。ふうん、国際保護鳥に指定されているんですね、トキさんは。

最後の国産トキは二〇〇三年にお亡《な》くなりになって、現在いるトキはすべて中国から譲られたトキの子孫らしい。なんだ、パンダみたいなものか。

コースを進むと、柵《さく》の十メートルほど向こうに檻《おり》があり、数羽のトキが羽を休めていた。

ああ、あれがトキね。とくに感想も湧《わ》かない。遠目には鶴《つる》かニワトリなのだ。「なんや、しょうもない」こんな遠慮のない声もあちこちから聞こえてきた。うーむ、正直なところ、十人中九人は落胆する観光名所である。でもって、トキっていなくなると何か不都合でもあるわけ？　なんてことも言いたくなる。税金を投入しているわけだし。

野生動物の保護というのは、ある時点から、学者や役人の既得権になるんでしょうね。天下りもいそうだなあ。

ともあれ、一生檻の中に閉じ込めておいて保護もないものである。自由に絶滅させてやれよ。これがわたしの意見である。

ひとしきりトキに同情したところで、次は車で一時間ほどの、島の最南端に位置する「佐渡国小木《おぎ》民俗博物館」へ。考えてみれば佐渡は大きな島なのだ。東京二十三区の一・五倍と知って驚いた。沖縄本島に次いで二番目の大きさだ。

佐渡は、その形状が示すとおり、斜めに延びた二つの山地が真ん中の平地でつながった島である。なだらかな丘陵をドライブしていると、島であることを忘れてしまう。房総辺りを走っているような、そんな感じ。

博物館には千石船展示館が併設されていて、まずはそちらを見る。これは、約百五十年前に建造された「幸栄丸」を復元して「白山丸」と名づけたもので、船の実物復元は日本初なのだそうだ。

白山丸の偉容に圧倒される。木の船というのは、人類の叡智《えいち》及び文明の証《あかし》であるのだなあ。水が浸《し》みこまないというだけで尊敬してしまう。

続いては、大正九年に建てられたという、古い木造校舎を利用した民俗博物館へ。昭和初期の物を中心に、レトロな庶民の生活日用品が展示してある。うれしそうなのはシニア層の観光客たちである。古い農具や蓄音機を前にして「あった、あった」と盛り上がっている。昔のＳＰレコードもある。

「何ですか、ＳＰって？」と聞くのはタロウ君である。

うーむ、若者はＳＰを知らんのか。そのうちＬＰレコードも博物館入りするのだろう。

足踏み式オルガンで遊ぶ。小学校にありましたな。黒電話を生で見るだけで懐《なつ》かしい。トキよりこっちでしょう。とりわけ年配のみなさまには。

博物館のあとは、同じ小木地区の宿根木《すくねぎ》集落へ。ここは江戸期に北前船の寄港地として栄えた集落で、昔ながらの町並みが国の重要伝統的建造物群保存地区に指定されているのだとか。

しかし運悪く下水工事中。撮影をあきらめて見学するだけに。

入り江の狭い地形に家屋が密集していて、江戸の長屋よりすし詰め感強し。軒はほとんどくっつくほどで、家と家の間は二メートルもない。夫婦喧嘩《げんか》、筒抜けなんだろうなあ。カレーでも作ろうものなら集落全員の知るところになりそう。

驚いたのは、住人が普通に暮らしていることだ。観光客に腹は立たないのだろうか。おばちゃんグループが大声で歩き回っているのだ。

そっとしておいてあげたいですな。入っておいて言うのもなんですが。

昼時になったので、名物佐渡そばを食べに行く。タロウ君がリサーチした「七右衛門」は、古民家をそのまま店舗にしたレトロなそば屋であった。間口が狭くて奥行きが広いのは、京都同様、間口によって税金が決められた時代の知恵だ。

メニューは「生そば」のみ。成人男子なら普通に二杯は食べられると女将《おかみ》さんが言うので、各自二杯ずつ注文する。待つこと数分で、そば粉だけを使った色黒のそばが出てきた。薬味はネギ。その上に冷たいつゆをかけて食べるのがこの店の流儀らしい。

一口すすって、その香り高さに感動した。舌触りと喉越《のどご》しもよい。おおー、我がそば歴で五指に数えられるおいしさである。

たちまち二杯を平らげる。どうしよう、おかわりするべきか。朝もたくさん食ったしなあ、夜もきっとたくさん食うのだろうしなあ……。タロウ君を見ると、物欲しそうな顔で箸《はし》を弄《もてあそ》んでいた。はいはい、おかわりしましょう。

「すいません。ここ、もう一杯ずつ」タロウ君の明るい声が響いた。

食べ終わったところで、女将さんとおしゃべり。ここの建物は築百年の伝統的民家で、座敷の吹き抜けと天窓が特徴であるらしい。親切に中を見せてくれた。

ワオ。縦長の造りなのに、この開放感。よく磨かれた柱も情緒たっぷりだ。

図々《ずうずう》しく二階にも上がらせてもらう。吹き抜けの前後に部屋があり、いずれも光を取り入れ易《やす》くなっている。実によく考えられた間取りだ。トキよりこっちを保護するべきでしょう（しつこい）。

小木にはかつて四十軒以上のそば屋があったが、今は数軒に減ってしまったそうだ。昔は旅館や一般家庭からの出前注文が主で、十杯以上を一度に運んだとか。使い込まれた木製の岡持ちが印象的だった。佐渡そばは、お勧めです。

たらい舟に揺られて

食後は小木港で「たらい舟」に乗ることに。桟橋に行くと団体客が行列を作っていた。

もしかして、わたしが一人で乗るわけ？

「もちろんです。奥田さんが被写体ですから」

恥ずかしいので、団体客が引き上げるのを売店でイカ焼きを食べながら（また食ってる）待つ。ちなみにたらい舟は、小回りが利《き》くため、岩礁《がんしょう》が多い小木海岸でワカメやサザエ漁に昔から使われていたとか。

空《す》いたところで渋々乗船。変なおじさんと思われないよう、櫓《ろ》を漕《こ》ぐおかあさんに言い訳した。あの、雑誌の撮影なんです。そこにカメラマンがいるでしょ？

「きゃあ、だったら若い子と替わって、替わって」

乗り場はなにやら騒ぎになった。いいんですよ、誰でも。ともあれ漕ぎ出す。

「お客さんもやってみます？」おかあさんに言われてチェンジ。やってみると、これがちっとも進まなかった。

「力を入れないで、真っ直ぐに立てて左右に動かすだけ」

おかあさんの指導を受け、少しは上達する。でもすぐに疲れた。漕ぎ手が若い娘さんに替わったので、任せてたらいに揺られる。

お嬢さんは、この仕事は始めてどれくらいなの？

「二年です。さっきの人は二十年です」

そう。お嫁さんになっても続けるとええ。地元で働くのは大事なことよ。すっかりリラックス。海に漂うというのはいいですね。東京湾でもたらいを浮かべたいものである。

車に戻り、次は大佐渡スカイラインへ。天気予報で明日の雨天が決定的となったので、撮れそうな景色はすべて今日中に撮っておこうということになったのである。

わたしは後部座席でうつらうつら。考えてみれば、ここ最近の旅は、すべて編集者に連行されるような旅であるなあ。原稿を書き終えてへろへろになったところで、指定された時間に駅か空港へ行く。切符を渡され、移動する。食堂に連れて行かれ、飯を食う。自分で考えなくて済む。いい身分なのか、不自由なのか……。

きっといい身分なんでしょうね。みなが会社で働いているときに、トキの悪口言ってられるんだから。二等船室は別にしても。

約一時間のドライブで、妙見山の展望台へ。眺めは絶景なれど、曇り空なので絵にならないとケンジ君がぼやいている。おまけにシニア層の団体客がやってきて、たちまち騒々しくなってしまった。

佐渡はどこへ行っても、この手のツーリストでいっぱいだ。観光の島なんですね。だから売り物を作ろうと当局筋も懸命の努力だ。売店には「日本三大名石」のひとつという「佐渡・赤玉石」が売られていた。出ました。ここにも「三大ナントカ」が。

場所を移動して、とりあえず眺望だけでも撮影する。展望台からは、平野を真ん中にして両津湾と真野《まの》湾が一度に見渡せた。平野の向こうに広がる小佐渡丘陵も美しい。左手には大きな金北山《きんぽくさん》がそびえている。いまさら言うまでもなく、佐渡は自然に恵まれた島だ。紅葉も雪山もさぞやビューティフルなことだろう。ジェンキンスさんも永住するといい。

グローバリズムがなんだ！

午後五時、七浦《ななうら》海岸沿いのホテルへ。夜の相川祭りに備えて少し休憩をとることにした。毎年十月十九日は、地元相川の祭りの日なのだ。

浴衣《ゆかた》に着替え、まずは空いているうちに大浴場へ。丘の上にある露天風呂《ぶろ》からは日本海がすぐそこだ。夕日の名所らしいが、曇りなのがいかにも残念。

すっかり長湯して、脱衣所で体重計に乗る。げっ。過去最高値を示しているではないか。たちまち憂鬱《ゆううつ》になる。帰ったらダイエットに励むことを決意。帰ったら、ですが。

しばらく部屋でくつろぎ、午後六時から町に繰り出す。タクシーに乗って寿司屋《すしや》を探すのだが、どこも「今日は出前で忙しい」と断られる。祭りだから注文が殺到しているようだ。もっともその割には、町に祭りの雰囲気がない。露店が出ていないのだ。雨も降ってきた。

「竹屋」という、女将さんが一人できりもりしている料理屋に入る。町が静かなのを聞くと、「八時過ぎまで神輿《みこし》も休み」と教えてくれた。夜が本番のようです。

座敷に陣取り、料理をあれこれ頼む。この店のお勧めは「イカのゴロ焼き」とか。それ、いってみましょう。刺身の盛り合わせ、煮物、ブリのカマ焼きも。店のテレビでは日本シリーズ第三戦。なぜかトム・クルーズが始球式をしていた。テーブルにコンロが置かれ、土鍋《どなべ》が載せられた。中には生のイカと野菜とキノコが入っている。汁気はなし。味付けは味噌《みそ》とイカのワタだ。

「イカのワタのことを佐渡ではゴロって言うの」と女将さん。「野菜から水分が出るから何もいらないの」だそうである。

蓋《ふた》をして強火で蒸していると、いい感じで湯気が噴き出てきた。そろそろですかね。

「さあ、召し上がれ」女将さんが蓋を上げる。味噌の香りが鼻をくすぐった。いただきます。

これは美味。一同、顔がほころぶ。イカの身が野菜の旨味《うまみ》を吸い込んで、なんとも深い味わいを醸《かも》し出しているのだ。ワタのかすかな苦味もよい。そして日本海のイカの、柔らかさと弾力のあること。くーっ。これは日本酒でしょう。急いでビールから切り替える。

佐渡の地酒「金鶴」をぬる燗《かん》で。ほんわか、いい気分になってきた。

野球の方は、中日・谷繁《たにしげ》に逆転満塁ホームランが飛び出す。ほっほっほ。エヴリシング・イズ・グッドですな。

ここで太鼓の音が聞こえてきた。いよいよ本祭が始まったようだ。飲み食いを中断して通りに出ると、能の扮装《ふんそう》をした若者が、そぼ降る雨の中、不思議な舞をしていた。両脇《わき》には甲冑《かっちゅう》をまとった二人の青年が立っている。

近くにいたおじさんに聞く。「踊ってるのは豆まき。左右にいるのは護衛」。商店を回るのは厄払いと繁盛《はんじょう》祈願だと解説してくれた。

豆まきのうしろには太鼓の山車《だし》が控えていた。白装束の男たちが太鼓を打ち鳴らしている。法螺貝《ほらがい》を吹く人も。提灯《ちょうちん》の灯があちこちで揺れている。なにやらシュールな光景であった。祭りと言うより神聖な儀式の印象だ。

豆まきの舞の振りと太鼓のリズムは独特だった。これまで経験した祭りのどれにも相当しない。この土俗性はなんなのだろう。わたしはぐいぐいと惹《ひ》きこまれていった。

雨が本降りになった頃、反対方向から神輿が現れた。「ちょーさや！　ちょーさや！」こちらも白装束の男たちがかついでいる。「ちょーさや」という掛け声は初めて聞くものだ。

神輿と太鼓の山車が通りで対峙《たいじ》した。男たちの声がいっそう大きくなる。どうやら、神輿を通す通さないでやり合っているらしい。ケンジ君が、カメラマン魂に火がついたのかどんどん前に行く。邪魔だと若者に突き飛ばされていた。それでもくじけず前に行く。

神輿が何度も進んだり下がったりした。その都度、男たちの威勢のいい声が上がる。法螺貝が鳴り響き、太鼓が打ち鳴らされた。この場に観光客はほとんどいない。我らをのぞけばすべて地元の人たちだ。

わたしは激しく感動した。これが祭りだ。これが本物の伝統だ。

グローバリズムがなんだと言うのだ。どこの誰が勝ち組だと言うのだ。人類の圧倒的多数は、生まれた土地に根付いて生きている。それが人間らしさだ。

鼻の奥がツンときた。旅は馬鹿《ばか》にできない。この日ここへ来たのはほとんど偶然だ。わたしの空いている日程で決めたに過ぎない。それでもこういう場に出会えるのだ。

神輿と太鼓の山車は、数回牽制《けんせい》を繰り返し、そののち擦れ違った。それぞれが、提灯の行列と共に神社に帰っていく。通りには静寂が戻っていた。

我らは料理屋に戻り、静かにビールを飲んだ。オニギリも食べた。野球はいつのまにか中日が負けていた。

その後、祭りの余韻が抜けないので、近くのスナックへ。中にいた一人の外国人客に見覚えがあった。神輿を担《かつ》いでいた白人青年だ。声をかけてテーブルに招くと、マーフィーというそのカナダ人は、英語教師として佐渡に赴任していると自己紹介した。錦鯉《にしきごい》マニアという変なガイジンで、足に錦鯉のタトゥーを入れていた。

フィリピン人のホステスも交えて、国際的に盛り上がる。

午前零時近くまで飲んでしまった。

朝起きて、いちばんに天気予報をチェック。超大型台風は四国の沖合にあって日本列島に沿って驀進《ばくしん》中であった。時速五十キロとスピードアップし、午後には関東に到達しそうである。

船の欠航が心配なので、午後一のジェットフォイルで佐渡を離れることにする。あとは佐渡金山ぐらいで行くところもないし。ゆうべの相川祭りですべて元は取ったという感じだ。

ホテルで朝食。またしてもたくさん食べてしまう。ビュッフェ式が悪いのである。

午前九時、ホテルをチェックアウトして、相川の観光案内所へ行く。祭りのことを少し知りたくなったからだ。

地域振興課の気さくな課長さんが相手をしてくれた。親切に資料をあれこれコピーしてくれる。相川祭りは相川地区の総鎮守「善知鳥《うとう》神社」の祭礼で、一六四三年より続いているという。太鼓組、神輿組、法螺貝など町ごとに役割分担が定められていて、独特の振りやリズムも、各町で代々伝承されているのだそうだ。

太鼓の山車が神輿の前に立ちはだかるのは、「もっとここにいてくれ」と引き止める意味合いらしい。昔からの約束事なのだ。

いちばん気になった「ちょーさや」という掛け声は、いろいろ説があって不明。課長さんは「鉱山に絡《から》んだ掛け声じゃないかなあ」とのことであったが、ほかには、「いよいよ栄える」という意味の「さやか」から来ている、という説もあるようだ。

あれだけユニークな祭りをどうして観光の目玉としてPRしないのか、と聞いたら、「地元の祭りだからね」という簡潔な答えが返ってきた。

素晴らしい。観光化するとどうしても見世物として媚《こ》びてしまう。土着の祭りは利害が絡まないのがいちばんだ。

この課長さん、自分のことを「おれ」と言うのが微笑《ほほえ》ましかった。佐渡では普通に使う一人称なのですね。

とどめは佐渡牛の早食い

さて、旅の最後は佐渡金山へ。誰もが教科書で習った、徳川幕府三百年の財政を支え、佐渡の名を全国に知らしめた金鉱の跡だ。

車の中から、江戸時代初期の露天掘りの名残りである「道遊《どうゆう》の割戸《われと》」が見えた。山の形を変えるほど掘ってしまうのだなあ、金が出るとなれば。人間の執念はすさまじい。

七百円の入館料を払って早速坑道に入る。中にはコンピューター制御で動くロボットが配置されていて、当時の鉱夫たちの様子を再現している。

これが結構グロテスク。おまけに音声テープで愚痴まで聞かせる趣向だ。

「ああ、早く故郷に帰ってカミサンとイッパツやりてえなあ」というようなこと（台詞《せりふ》は筆者アレンジ）を繰り返しぼやいているのである。

いやあ、この時代に生まれなくてよかった。きっと労働条件は劣悪だったろう。だいたい罪人を連行して働かせるケースもあったのだ。いったいここで何人死んだことやら。

わたしは出が庶民のせいか、こういうのを見ると、今からでも徳川の子孫を連れてきて働かせろ、なんてことを思ってしまいますな。

そういえばこの夏アテネに行ったときも、パルテノン神殿を見て思ったことは、石を運ばされた奴隷《どれい》の気持ちを考えろ、であった。わたしは支配層嫌いなんですね。ちなみに坑道は四百キロにも及び、合計で七十八トンの金が採れたとか。わたしが佐渡市の市長なら中央に対して「返せ金」運動を展開するところである。

売店で金箔《きんぱく》入りコーヒー二百五十円なりを飲む。歯につけて帰ろうと思ったが、飲んでしまいました。

これで今回の旅は終わり。雨が本格的に降ってきた。台風はそろそろどこかに上陸しそうだ。

十二時半のジェットフォイルに乗るために、両津港へと急ぐ。新潟は台風の進路からそれそうだが、心配なのは関東だ。早く帰らないと上越新幹線に運休の可能性がある。

「昼ご飯、どうしますか？」この期《ご》に及んで飯の心配をするのは、もちろんタロウ君である。港に早めに着いたら、近くで食べようね。

で、出発四十分前に港に着いてしまう。微妙だなあ、レンタカーの返却があるし、乗船手続きもあるし。思案していると、ターミナル前にステーキハウスがあった。

「そういえば、佐渡牛をまだ食べてませんね」タロウ君の声が弾む。

わかった、わかった。急いで食おうぜ。

店に入り、たいして腹が減っていないにもかかわらず、つい二百グラムのステーキセット五千二百五十円なりをオーダー。ダイエットは、帰ってから。

ステーキが出てきたのは十二時過ぎ。でかいなあ、これ。本当に二百グラムか。おい、十分で食うんだぞ。久々の早食い。脂身《あぶらみ》がいっぱい。東京ならカットするところだ。ガツガツと食い進む。当分体重計には乗りたくない。

むろん完食した。肉は大好物なのじゃ。でも苦しい。

ターミナルによろよろと駆け込み、無事乗船できた。ふう。あとは帰るだけ。

ふと前方のテレビを見上げると、大リーグ中継をやっていた。

ヤンキースの松井が、元気にプレーしていた。たいしたもんだ。日本の誇りですね。

灰色の海と空に包まれ、ジェットフォイルは新潟港に向けてひた走るのであった。

第六便　極寒の孤島に閉じ込められて……

稚内《わつかない》・礼文島《れぶんとう》篇

無精髭《ぶしょうひげ》の秘密

午前十一時、新設されたばかりの羽田空港第二ターミナルに到着すると、四番時計台の下で、タロウ君が百八十三センチの長身をさらに伸ばし、首に青筋を立てて人ごみを凝視していた。ノッポは待ち合わせに便利である。こちらの探す手間が省けるというものだ。

やあ、おはよう――。わたしは何食わぬ顔でタロウ君の背中をつつき、作家の遅刻を恐れる編集者を安心させてやった。今日の行き先は北海道の稚内《わっかない》だ。羽田からの直行便は一日一便しかない。乗り損ねると、企画自体がだめになる。

「奥田さん、今日は無精髭ですね。似合ってますよ」

タロウ君がわたしの顔をのぞき込み、おべんちゃらを言った。わたしはニヒルに髭を撫《な》でる。うむ、これには深くて簡単な訳があってな——。

実を言うと、この日は目が覚めたのが午前十時十七分だったのだ。目覚ましは午前九時に鳴るはずだったが、故障なのか、設定ミスなのか、目が覚めたときベッドサイドの時計は冷徹に《10:17》という数字を示していたのである。待ち合わせは十一時。慌《あわ》てましたよ、久々に。うわーっ。叫びましたよ、盛大に。

なんたる失態。早めに起きるつもりだったので荷造りもしていない。十一時まであと四十三分。きゃーっ。どうしよう、どうしよう。

わたしは跳ね起きると、顔も洗わずリュックに着替えを詰め込んだ。パジャマを脱ぎ、セーターに袖《そで》を通す。パンツは厚手のアーミー風を選んだ。稚内は零下というから、とにかく防寒が肝心だ。今シーズンまだ一度も着ていない厚手のハーフコートをタンスから引きずり出し、ビニールカバーをはがす。マフラーはどこだ、どこなの、返事して。押入れで発見。こんなところに隠れていやがって。ええと、それから、それから、鉢植えに水をやって、電話を留守設定にして、火の元の点検をして……。あ、独り者は不便じゃ。

なんとか支度をし、家を出て駅へと走る。タンタンタン。アスファルトに靴音がこだまする。全力で走るなんて何年振りだ。二分で到着。タイミングよくモノレールがやってきた。乗車。腕時計を見る。おお、なんとか間に合いそうだ。ほっほっほ。わたしは天王洲《てんのうず》アイルに住んでいる。羽田まで二十分とかからないんですね。

そうして、見た目には悠然と、定刻通り待ち合わせ場所に現れたわけなのである。無精髭は剃《そ》る時間がなかったのだ。

「凄《すご》いですね。起床して四十三分で羽田の出発ロビーですか」

いやあ、危なかったぜ。昨夜はどうにも寝付きが悪くて午前四時まで悶々《もんもん》としていた。寝過ごす下地はあった。あと一時間寝ていたら……いや三十分でも……。

そう思ったら、あらためてお尻《しり》の辺りがスースーした。目覚まし時計なしであの時間に睡眠が解けたのは、ラッキーというべきなのかもしれない。

「港町食堂」も今回が最後の旅だ。わざわざ十二月の寒い時期に、北海道のいちばん北へ行こうという過酷かつ酔狂なプランだ。果たしてわたしは作家としてリスペクトされているのだろうか。イロモノとして扱われているのではないだろうか。ふと編集部を疑う年の瀬なのである。売店で貝入りの炊《た》き込み御飯弁当を買った（タロウ君は当然のようにトンカツ弁当）。お茶も買った。温かいペットボトルが、わたしの冷えた手を慰めてくれた。

「もうすることがなくなりました」

午前十一時四十五分、ＡＮＡ５７１便で稚内に向けて出発。第二ターミナルができて、九割の便はボーディングブリッジから直接乗れることになったらしいが、我らの便はバス移動であった。稚内行きは虐《しいた》げられている。

観光シーズンではないので、さぞや空《す》いているだろうと思ったら、あにはからんや満席だった。《日本のてっぺん・くいだおれツアー三日間》のご一行様と一緒だったからだ。おじさん、おばさんたちで大賑《おおにぎ》わい。みんな元気ですねえ。日本経済は大丈夫だ。

機内で、カメラマンのシンゴ君に「会いたかったですう」と言われる。彼は最近わたしの長編小説『最悪』『邪魔』を読んで、やっと同行作家の偉大さに気づいたようである。この連載をお読みのみなさんも、できましたら小説の方も一読いただければ。冗談だけで禄《ろく》を食《は》んでいるわけではないことがおわかりいただけるかと存じます。

飛行機はわずか二時間で、日本最北の空港に降り立った。なんだ、意外と近いんだ。周囲に雪は見えるが、積もっているというほどではない。聞くところによると、この地方は風が強過ぎて、生半可な雪はすべて積もる前に吹き飛ばされてしまうのだそうだ。現時点でも、風が唸《うな》りをあげて吹いている。

団体客がバスに乗り込んで去っていくと、空港ロビーはいきなり閑散とした。次の到着便が遥《はる》か先なので、人の出入りがないのだ。外は小雪が舞い、灰色の雲が低く垂れ込めている。ここにご婦人が一人でいたら、それは絶対に傷心の旅だろう。早くも人の温《ぬく》もりが恋しい、北国の空港なのである。

レンタカーをピックアップして、まずは日本最北端の地・宗谷岬《そうや》へ。べつに何があるわけでもなかろうが、稚内に来たら誰もが行くことになっている。

海岸沿いの道に出ると、風がますます強くなった。出歩いている人間はほとんどいない。たまに学校帰りの小学生を見かけるが、全員コートのフードを頭に被《かぶ》っている。この季節、寄り道は不可能だ。着膨れした子供たちが、ペンギンの行進のように歩いていく。

放課後は何をやって遊ぶのですか。ストーブの効いた部屋で人生ゲームですか。子供は風の子なんて、北国を知らない人が言った言葉ですね。家に帰ったら、おかあさんの膝《ひざ》で温かいココアでも飲むとよろしい。

午後二時半、宗谷岬に到着。先ほどのツアー客が強風の中、碑の下で記念撮影をしていた。ひえー。みなさんガッツあるなあ。立っているのがやっとという暴風である。ここで何するの？

「一応、我々も記念撮影します」と薄手のパーカー一枚のタロウ君。若いっていいねえ、わたしは風邪をひきたくない一心だ。

渋々車から降りると、いきなりドーンという感じで風が全身を襲った。風上は絶対に向けない。目を開けていられないのだ。

おまけに猛烈な寒さである。天気予報によると気温はプラス何度かであるらしいが、体感気温は完全に零下だ。風が体温を奪い去ってしまうのである。タロウ君もさすがに堪《こら》えきれずに、慌てて中にフリースを着込んでいた。

ちなみにわたしが着ているのは、ＣＰカンパニーの厚手のハーフコート。東京ではよほど寒い日でなければ着ないシロモノだ。それでもなお寒い。人間、しんしんと冷える寒さには耐えられても、暴力的な寒さには耐えられないのだ。ツアー客たちも、記念撮影だけ済ませると、キャアキャア言いながらバスに避難していった。

一人の若者からシャッターを押してくれと頼まれる。聞いてみると、一人旅で群馬から来たと言っていた。車で来たんですか？

「いいえ。鉄道と路線バスを乗り継いで……」人懐《ひとなつ》っこく笑っている。

酔狂な人がここにもいた。しかも薄着。これから売店で暖をとりながら、一日数本のバスを待つのだそうだ。いいなあ、これが青春だ。

宗谷岬から眺めるオホーツクの海は、人の立ち入りを拒むかのように、静かに荒れていた。水平線がわからないほど、灰色の空と一体化している。その姿に、わたしは毅然《きぜん》としたものを感じた。海が好き、などと無邪気なことを言うマリンレジャー系の人々をここに突き落としてみたい。海は海で勝手にやっているのだ。

続いては車で移動し、近くにある「間宮林蔵渡樺《とか》の地」の碑を見る。ここに松田伝十郎の名が刻まれていた。あまり知られていないが、樺太《からふと》（サハリン）を島だと発見したのは間宮林蔵一人ではなく、松田伝十郎との共同プロジェクトだった。二人で左右に分かれて進み、出会ったところで「ここは半島ではなく島だ」と判明したのだそうだ。

なにゆえ間宮林蔵だけが手柄を独り占めする事態になったのか。政治か、金か。歴史とは実にアンフェアである。松田伝十郎、松田伝十郎、松田伝十郎をお忘れなく。

それにしても、人は地の果てにたどり着くと、その先がどうなっているのか確かめずにはいられない生き物のようだ。岬に銅像や石碑が多いのはそのせいだ。冒険とは、海を渡ることなんですね。

　午後三時を回ったばかりだというのに、もう日が暮れかかっていた。緯度が高くなると、冬は日が短いのである。急いで車を飛ばし、四時前に抜海港《ばっかい》へ。ここにはゴマフアザラシ観測所があり、岸に寝転がるゴマフアザラシが間近で見られるのだ。

　しかし、行ってみるとあまりに暗くて撮影は不可能だった。しかも近くで港湾工事をしていて、用心深いアザラシは陸に上がってこない。観測所の係員に「明日の早朝、工事の始まる前なら見られるよ」と言われ、出直すことにした。

「もうすることがなくなりました」とタロウ君。

　だから言っただろう。何しに行くのって。

　じゃあ、温泉にでも行くべ。来る途中にあったよね、巨大な公衆浴場みたいなのが。

というわけで稚内温泉「童夢」で一風呂《ひとふろ》浴びる。ここは平成九年にオープンしたまだ真新しい日帰り温泉だ。観光用というより、地元民の憩《いこ》いの場となっている。

　千百円（タオル・室内着代含む）を払って入場。地元の皆さん、お邪魔しますね。

よせばいいのに露天風呂へ。ううっ。顔から上は寒くてその下は温かいというシュールな事態。昔、十二月に屈斜路湖畔でキャンプをしたときのことを思い出した。焚《た》き火にあたっていても、顔は熱くて背中は寒かった。これが北海道の冬なのである。

早々に屋内に逃げ込み、あらためて湯船に浸《つ》かる。泉質はナトリウムでお湯がぬるぬるしていて塩辛い。湯温も三十九度とぬるめだ。でも長く浸かっていたらだんだん体の芯《しん》から温まってきた。全身の筋肉がほどけていく感じ。はー、極楽。浴室を出てもしばらく汗がひかなかった。

その後、港近くのホテルにチェックイン。週末だというのに、宿泊客はほとんど見かけない。くしゃみをしたら高い天井に反響していた。

午後六時になって、ホテル近くの料理屋「車屋・源氏」に繰り出す。この店の名物「たこしゃぶ」を食すのが目的である。まずは魚の刺身をつまみながら熱燗《あつかん》をやる。くーっ。最近は小説も書かずにこんなことばかりやってるなあ。ここで反省することもないのですが。

カレイの唐揚げをほおばる。貝の和《あ》え物も。旨《うま》いねえ。ご主人、これは何の貝だい？

「それ、タコですが……」

あちゃー。地金が出てしまいました。わたしはグルメではないのである。

ここで「たこしゃぶ」登場。三センチほども幅のありそうな身は水ダコの足で、この近海では全長二メートル級の大ダコが獲《と》れるのだそうだ。

お湯を張った鍋《なべ》にネギやレタスを放り込み、少ししんなりしたところで、薄くスライスしたタコをくぐらせる。そして野菜を一緒にはさんで、特製の醤油《しょうゆ》ダレにつけて食べる。

おおーっ。旨いんでないかい。たこ焼き以外で初めてタコを見直した。タコのシコシコ、レタスのシャキシャキ、これを同時に味わう食感も素晴らしい。

撮影していたシンゴ君が、目ざとく生簀《いけす》のカニを発見した。「奥田さん、カニがいますよ」うれしそうに言う。

しょうがないなあ。まあ、これも仕事か。大ぶりのタラバガニを、爪《つめ》を刺身に、それ以外は釜茹《かまゆ》でにしてもらった。

身がたっぷりの爪の肉を、ワサビ醤油につけて食べる。ほっほっほ。いや失礼。ボイルしたカニも美味でしたな。

おなかがいっぱいになったところで、タクシーで南稚内《わっかない》のスナック街へ。運転手に「美人ママ、美人ママ」と念仏のように唱えたら、「マドンナ」というスナックに案内された。わたし、そういえばこういうタイトルの短編集を書いたっけなあ。よろしかったら読んでください。四十代課長さんを主人公にしたオフィス小説です。

店では、二十六歳東京に行きたい女の子と、飛行機に乗ったことがないバツイチガールが相手をしてくれた。

飛行機未経験？　じゃあ東京に行ったことは？

「ない。行きたいとも思わない」

素晴らしい。人は生まれた場所で生きていくのがいちばんである。

バツイチガールによると、稚内は人口四万人で、同年代はほとんどが顔見知りなのだそうだ。

「あの子は、前の彼が誰で、その前が誰で、そういうのが全部わかる。稚内は離婚率が高いしね」

ふうん。なんとなく納得できた。みんな結婚が早いのだ。寒いものね。誰かとくっついてないと、冬は越せない。きっと後先考えることなく、一緒になってしまうのだろう。

いいんじゃない？　男女の相関図ができてしまいそうな町も。わたしは好きだな。

ウイスキーのソーダ割で酔っ払う。婦女子大好きのシンゴ君がこっそり女の子たちのメールアドレスを聞きだしていた。北国の夜は何事もなくふける。

モモヒキ穿《は》いて仁王立ち

朝の七時にホテルのロビーに集合し、ゴマフアザラシの撮影に向かった。天気はあまりよくない。予報によると、気温は最高が一度で最低が零度。ただし風があるので体感気温は完全なマイナスである。

この日はモンベルのタイツと長袖《ながそで》シャツを身に着けた。アウトドアショップでわざわざ仕入れたハイテク素材のものだ。ペアで九千円もしたのでぶったまげた。我が肌着遍歴で最高額。薄手ながらすこぶる温かい。タロウ君に、今日はモモヒキ穿いてんだ、と言ったら、「モモヒキって何ですか？」と聞き返された。うーむ。モモヒキは死語だったのか。わたしが子供の頃、大人たちは、夏はステテコ、冬はモモヒキを穿いていた。そういえば腹巻もあったなあ。バカボンのパパと昭和は遠くなりにけりだ。

車で三十分、抜海港に着くと、入り江で何頭ものアザラシが、海面に頭をひょいと出していた。ベリー可愛《かわい》い。たった一頭のタマチャンに熱狂した東京人が馬鹿《ばか》みたいだ。警戒心が強いらしく、こちらをじっと凝視している。その仕草もキュート。わたしがプリプリの女子高生ならキャアキャアキャア言ってしまいそうだ。でも寒くてじっとしていられない。タイツを穿いてなければ二分で音を上げるだろう。風がたちどころに体温を奪い去っていくのだ。

おまけに、時折波が堤防を超えて降り注ぐ。海はどうなっておるのかな、と首を伸ばしたら、そのタイミングを見計らったように波しぶきを浴びてしまった。

「奥田さんが堤防の上に仁王立ちするカットを撮りましょう」とシンゴ君。

馬鹿言うでねえ。おらの服はコートとパンツで十七万円じゃ。帽子は三千円だがな。

「いやあ、きっと絵になると思うなあ。ファンレターも来るんじゃないですか」とタロウ君。

きっとだな。来なかったら二人とも神楽坂《かぐらざか》を転がしてやる。

渋々堤防に上がり、日本海の冬将軍とご対面。人を人とも思わない寒風が顔面に突き刺さる。稚内のみなさん、冬は何をしているんですか。辛《つら》くないんですか。

撮影が済むと早々に引き上げた。八時過ぎ、稚内フェリーターミナル二階の食堂にて朝食。客は我ら三人だけだった。わたしはとにかく温かい味噌汁《みそしる》が飲みたかったので定食弁当を注文。タロウ君は朝っぱらからカツカレー。君ねえ、店の人の都合も考えなさい。

魚のアラで出汁《だし》をとった味噌汁が胃袋にしみた。はー、生き返る。温かい御飯と味噌汁のありがたみをつくづく思い知った。

窓の外には、高さ十メートルはあろうかというアーチ型の大きな防波堤が見える。食堂のおばさんの話では、数年に一度はこの防波堤を超える大波が出現するのだそうだ。

自然は人の何を試そうとしているのだろう。生まれた土地への愛情だろうか。そんなことを考えてしまう、稚内の冬の朝である。

ホテルで一服したのち、午前十一時十分発の東日本海フェリー「ボレアース宗谷」で礼文島《れぶんとう》に向かう。定員六三二名の大型船ながら、二等船室に十数人の客がいるだけだ。旅人と思われるのは我々のみ。

リュックを枕《まくら》にして横になった。ポケットに入れたままにしてあった文庫本を読む。紀行文学の古典、内田百閒《ひゃっけん》の『阿房《あほう》列車』。何も起きないところが、わたしの好みである。目的のない、のんびりした旅なのだ。この『港町食堂』もやがて本になる。ベストセラーには縁がなさそうだが、しぶとく生き残って、五十年後の読者に「こんなアホ作家がいたのか」と笑ってもらいたいものだ。

海はシケ模様で、船が左右に揺れていた。客は慣れたもので、それでも静かに寝ている。三十代半ばと思われる女性の二人組がいた。主婦にしては、やや垢《あか》抜けた感じ。

島のスナックのおねえさんたちですかね。そんな想像をしながら、読書に戻る。床がゆらり、ゆらり。時折、波が船体をたたく。話し声は聞こえず、テレビの音声だけが響いている。

約二時間の航海で、礼文島の香深《かふか》港に到着。ウミネコが賑《にぎ》やかに出迎えてくれた。乗客は思いのほか軽装で、着膨れているのは我々ぐらいのものだ。各自、駐車場に停めてあった車で散っていく。我々には、事前に予約してあったタクシーが待っていてくれた。当初はレンタカーを利用しようと思ったが、「冬場は貸せない」と言うので、タクシーをチャーターすることにしたのだ。乗り込んで少し走っただけで納得した。雪は積もっていないが、道のあちこちが凍結している。慣れていないとたちまちスリップしそうだ。

まずは漁協の経営するレストラン「海鮮処《どころ》かふか」で昼食。わたしとタロウ君が豚骨ラーメン、シンゴ君がカツカレーを注文した。またカツカレーか。新潮社はカツカレー一日一食の決まりでもあるのか。

ラーメンは実に美味であった。スープにえもいわれぬコクがある。恵比寿《えびす》や荻窪《おぎくぼ》に進出してもやっていけるだろう。中太麺《めん》との絡《から》み具合も絶妙だ。うー。唸《うな》りながら一気に食べる。今年いちばんのラーメンかも。

窓の外は港で、人影はほとんどない。すぐ目の前で、ウミネコが風に向かって羽を広げ、浮いている。彼らは寒くないのかね。沖縄のウミネコとは別種なのでしょうか。レストラン内のＢＧＭはなぜかケヴィン・リトル。ソカと呼ばれるカリプソ音楽の一種だ。外の景色とのミスマッチぶりに思わず苦笑してしまった。

食後はタクシーで島内観光。運転手さんに「またなんでこんな季節に」と言われ、答えに窮する。まあ、その、そういう企画なんです。

最初に行ったのは、島の西側にある桃岩。ほう、確かに桃の形に見えますな。夏場はもちろん登っていけるのだが、山道が凍結しているので遠くから眺めるだけ。寒風吹きすさぶ中、歩いていく根性はありません。

続いて桃台猫台という展望台から猫岩を望む。険しい絶壁の下に、丁度猫のうしろ姿のような岩がある。はは、クリソツ。うまく名付けたものだ。でも風が強くて見物どころではない。ううっ。寒い。もちろん我々以外は一人としていない。ちなみに礼文島の名誉のために言っておくと、桃岩の一帯は夏になると花が咲き乱れ、日本有数のトレッキングコースとして知られる景勝地である。こんな時期に来たわしらが悪いのである。

車を走らせ、今度はさらに寒い地蔵岩へ。高さ五十メートルの岩がそびえる、早い話が崖《がけ》の下だ。風の行き止まりで、逃げ場がない。ドーン、ドーン、一帯に野太い音が響く。風が岩に当たる音なのだ。初めて聞いた。

近くで撮影したいというシンゴ君に、一人で行けば、と冷たく言い、わたしは海岸で震えていた。やることがないので、漂着物をチェックする。ハングルの書かれたペットボトルがいくつかあった。へぇー、朝鮮半島からここまで流れてきたんだ。長旅だったんでしょうね。タロウ君は、岩と波で削られたメノウという石の採取。つるつるのそれはアクセサリーにもなりそうだ。

山を見上げふと気づいたが、海側はほとんど樹木のない禿山《はげやま》だ。生えているのは笹《ささ》ぐらい。潮風が強過ぎて、木々が育たないのである。

体がすっかり冷えた頃、最後は島の最北端のスコトン岬を目指す。海岸沿いの道では、ウミネコが羽を広げたまま風に浮いている姿が目立った。糸のない凧《たこ》といった風《ふ》情《ぜい》だ。運転手さんによると地元では「ゴメの高飛び」と呼ばれているそうだ。

ゴメって？

「ウミネコやカモメの総称だね。ほら、歌の『石狩挽歌《ばんか》』にも出てくるでしょう」

ああ、そうか。海猫《ゴメ》が鳴くからニシンが来ると、赤い筒袖《ツッポ》のやん衆がさわぐ――。なかにし礼さんの傑作中の傑作だ。わたしがコブシを利《き》かせて唄《うた》うと、タロウ君が

「知らないなあ」とつぶやいた。おーおー。最近の馬鹿Jポップしか知らない世代は不幸なものじゃのう。プロの作詞家が消滅して久しいものなあ。

ところで、北海道が舞台の歌が多いのは、ここが歌を必要とする土地だからなのでしょうね。都から遠くはなれ、冬が厳しくて、人恋しくて。わたしも北海道生まれなら、作詞家を目指していたかもしれない。

午後三時半、スコトン岬に到着。これまででいちばんの強風で、しかも小雪が顔に当たって痛い。コートのフードがなぜ必要なのか、北海道に来て初めてわかった。守るべきは頭なのだ。

本来ならば、ここからお隣の利尻《りしり》富士が見えるところなのだが、厚い雲に覆《おお》われて影も形もない。しかも日が暮れるのが早いので、撮影も困難になってきた。

痛いよー、寒いよー。早く風呂《ふろ》に入りたいよー。何が悲しくてわしらはこんな苦行をしておるのか。天気がよければ絶景？　ああそうですかい。また来る日があるなら確かめましょう。何が何だかわからない一日である。

午後四時半、やっとのことで香深港近くの「三井観光ホテル」に到着。大半の宿泊施設が冬場はお休みで、やっとみつけた宿だ。客は我々以外に、商用で来たと思われる年配の男二人連れのみ。大浴場に入ったら貸切だった。ただしお湯が張ってあるのはふたつある浴槽のひとつだけ。理解します。わたしも経営者ならそうします。体が冷え切っていたので長湯した。カエル泳ぎも。はー。やっと生きた心地がした。

礼文情歌

午後六時半、ホテルの食事を断って町の料理屋に出かけた。ホッケのちゃんちゃん焼き発祥の店と言われる「炉ばた　ちどり」である。ちゃんちゃん焼きといえば一般的にサケを思い浮かべるが、あれは亜流で、ホッケが元祖なのだそうだ。ここでもご主人に、「なんでまたこの季節に」と言われる。名物ウニは時期外れ。ホッケはシーズンが九月までで、今あるのは冷凍にしたものだ。すいません、編集長が悪いんです。「でも脂《あぶら》がのったやつを選んであるからおいしいよ」というひとことに救われた。

早速、炭火の囲炉裏にホッケを載せてもらう。ワタのあったへこみに味噌とネギが盛ってある。うーん、早くもいい匂《にお》い。焼きあがるまで手持ち無沙汰《ぶさた》なので、アワビの水貝で生ビールを飲む。くーっ。いいですね、暖かい炉端で飲むビールは。

ボタンエビと真ダコ、イカの鉄砲焼きも注文。網の上が賑やかになってきた。まずはエビを。旨《うま》いべや。カリカリなので頭も食ってやった。タコもイカも美味だ。

そしていよいよホッケのちゃんちゃん焼き。脂が皮から滴《したた》っている。その都度炭がジュッと鳴り、辺りにいい匂いが漂う。箸《はし》で身をほぐし、味噌とかき混ぜる。これだけで身がぷりぷりなのがわかった。肉厚で身離れがいいのだ。さて一口——。おお、この柔らかさ。とても冷凍とは思えない。それにサケより旨い。本家を名乗るだけのことはある。ほっほっほ。はるばる来た甲斐《かい》があったというものだ。酒を熱燗《あつかん》に切り替え、一尾を一人で平らげる。御飯があってもいいかな。最高のおかずになりそうだ。

体が温まったところでゴッコ汁（ホテイ魚の吸い物）が出てくる。今度は指先まで温かくなった。外の寒さをつかの間忘れた。

でもって、食後はいつものようにスナックへ。歩いて二十秒の、タクシー運転手に教えられた「モモ」という店に突入。入ってすぐにあっと思った。フェリーの中で見かけたご婦人二人がいたのだ。わたしの推理は大当たり。やっぱりスナックのおねえさんだったのですね。

向こうも我々を覚えていて、笑顔で迎え入れてくれた。早くも打ち解ける。「この寒いのに礼文へは何しに来たの？」。いや実は取材でね……。やはりこの時期のよそ者はかなり珍しいようです。

最初に我らのテーブルについたのは、清楚《せいそ》な美人、恵美《えみ》さん。小学生の息子（名前は翔汰君）がいて明日は剣道大会なのよ、なんてことを明るく話してくれる。ふうん、船が欠航したら見に行くね。わたしがそう言ったら、間髪を入れず「明日は船、出ないよ」と断言した。「だって漁師さんが飲みに来てるんだもん」

げげっ。そうですか。明日は船が出ませんか。困ったなあ。利尻島に行くスケジュールが狂ってしまう。まあいいけどね。利尻も寒いだけだろうし。

恵美さんは礼文出身のシングルマザーで、一度札幌に出たものの島に戻ってきたのだそうだ。べつにわたしが根掘り葉掘り聞いたわけではない。すべて自己申告です。

続いて現れたのは、なんと三十九歳で孫がいるという、笑顔が素敵な寿恵さん。こちらの息子さん（名前は勇大君）も明日は剣道大会。いやはや、みなさん自分からプライバシーを明かすのです。いいなあ、ガラス張りのスナック。

でもって三番目にやって来たのは、またしてもシングルマザーの枝美《えみ》さん。なによ、さっきの恵美さんと同じ「エミ」じゃん。紛らわしくないの？

「だってみんな子供の頃から顔見知りだもん。いまさら『レイコです』って言ったって、『何がレイコだ』って話になるし」

ははは。笑ってしまった。礼文は人口三千数百人だが、実際に住んでいるのは二千人程度なのだそうだ。そうか、小さな世間なのか。だから隠そうとしないのか。

「バツイチの水商売は結構肩身が狭いの。亭主を誘惑するんじゃないかって、学校の父兄会で警戒されたりして」

そうですか。あなたいい人ですね。とてもチャーミングですよ。いざとなったら銀座においで、おいらが店を世話してやるさ、などと酒の勢いで大口を叩《たた》く。

ちなみに店内は大盛況で、別のテーブルでは役場の野球チームの納会が行われていた。全員酔っ払い。素っ裸で唄い出す公務員に度肝を抜かれる。見たくもない野郎の汚い尻を見てしまった。おいおい、礼文島はこれがありなのか？

ここで寿恵さんがマイクを握り、東京から来た我らのために歌を唄ってくれた。『礼文情歌』。これが泣かせる歌だった。

星が流れて荒海の
スコトン岬に消えた夜
利尻の山は見えないが
あすはヤマセも晴れるだろう
しぶきに暮れる礼文島

千石場所も今は夢
昔をしのぶ落書きは
ニシン大漁のハヤシうた
わく舟磯《いそ》にくち果てて
漁火《いさりび》悲し礼文島

ゴメがむれ飛ぶ桃岩に
エーデルワイスの花が咲き
こぼれ陽丘にさす頃に
去年の人は来るだろうか
恋にも遠い礼文島

鼻の奥がつんときた。なんていい歌なのか。おまけに寿恵さんは、プロも裸足《はだし》で逃げ出すうまさなのだ。はー。吐息が漏れる。楽しくて、せつなくて。このスナックで過ごした一夜は一生忘れない気がする。いつか小説にしたいなあ。がんばれ、礼文島のシングルマザーたち。わたし、東京から応援しています。

礼文島が心から好きになった。ウイスキーのソーダ割を飲みまくる。明日の船、欠航でもいいかも。

いいなあ、親の愛情

朝の七時半に起きて窓の外を見ると、あらま、予想を遥《はる》かに超えた猛吹雪であった。ヒューヒューという笛のような音と、ドンドンという太鼓のような音がミックスされ、窓ガラスを揺らしながら室内にも響いてくる。

テレビをつけ、ニュースを見る。発達中の低気圧は日本全域を覆っていて、強風により東海道新幹線をはじめとして、多くの交通機関が運転を見合わせていた。我らがいる道北は暴風雪警報が出ている。当然、フェリーは全便欠航であった。

困ったのは、低気圧が徐々に勢力を増しているらしいこと。今夜九時には、北海道で台風並みの風が吹き荒れるという。うーむ。一日ぐらいなら足止めを食らってもいいが、明日も欠航となると仕事に響く。わたしは明後日《あさって》から東京でホテルにカンヅメにならなくてはいけないのだ。

考えても仕方がないので、とりあえず朝食をとる。ホテルの広い食堂は、我ら三人きりであった。御飯に味噌《みそ》汁《しる》、焼き魚に目玉焼き。冬には日本の朝ごはんがいちばんだ。

窓の外では、吹雪に向かって果敢にウミネコが羽を広げている。風上に向いてないとコントロールが利かないのだろう。ねえ、なんで飛ぶの？　こんな日に。そう聞きたくなってくる。

堤防の一段下がったところに、何かの白い列があった。目を凝らすと、吹雪を避けるように数百羽のウミネコが固まっていた。わたしがウミネコならこっちの組かな。

「今日一日、何しますかね」と困り顔のタロウ君。

マージャンやろうぜ。ここの若旦那《わかだんな》を誘って。

「マジですか？」

それは冗談として、三人麻雀《マージャン》をやることを真剣に検討する。腐るほどある時間なのだ。

とりあえず、昨夜行ったスナックのおねえさんに聞いた剣道大会に行くことにした。彼女たちの小学生の息子が出場していて、「明日船が欠航したら見に来てね」と言われていたのだ。もちろん社交辞令だろうが、こっちだって行くところがない。一日ホテルに閉じ込められるのは辛《つら》いのである。

早速、シンゴ君がホステスの一人、寿恵さんにメールを入れた。うん？　おい、シンゴ君。君はいつの間にメールアドレスを聞き出したのだ。しかも寿恵さんは孫も亭主もいる方だろう。

しばらくして返事。「お待ちしてます、とのことです」と、シンゴ君がうれしそうに報告した。はは。人生を楽しんでますな。東京では合コン月三回を誇るカメラマンなのであった。

午前十時、タクシーにホテルまで迎えに来てもらい、吹雪の中、礼文町《れぶんちょう》総合体育館を目指す。「災難だね」運転手に同情された。「稚内《わっかない》に用のある人間は昨日のうちに脱出してるよ」とも言われた。島の人は、我々のように天気予報をぼおっと見てはいないようである。

「今日は葬式が一件あるんだけど、住職が札幌に行って帰って来れないから、どうなるんだろうね」なんてことも話してた。交通機関がマヒするというのが、こちらでは日常なのだ。

ところで明日は船が出ますかね？

「どうかなあ。午前中は欠航の可能性もあるんじゃないの」

弱ったなあ。天気が回復したところで、今度は空の便も大混雑しそうだし。タロウ君はさっきから、ケータイ片手に飛行機の確保に躍起になっている。

「もう一日いれば？　あははは」と運転手。

そうね。いいんだけどね。わたしにとって本当の急用など、親の危篤《きとく》以外にはないわけだし。

ともあれ、十五分ほどで体育館に到着。強風によろけながら、玄関ホールに駆け込むと、そこでジャージ姿のご婦人が小さな女の子と遊んでいた。それが寿恵さんとわかるまで五秒ほどかかる。昨夜とちがってすっぴんだからだ。

「どうも、どうも、いらっしゃいませ」

白い歯を見せ、お辞儀をする。こっちも恐縮して頭を下げた。いきなり調子が狂う。もしかして、その女の子がお孫さんなのですか？　でも聞きそびれた。目《ま》の当たりにしても現実感がないのだ。

勝手に入っていいようなので、靴を脱いでお邪魔する。離島には似つかわしくないほどの、真新しくて豪華な体育館だ。ベンチスタンドにいた恵美さんにも挨拶《あいさつ》。こちらも昨夜とは打って変わっておかあさんの顔になっていた。ジーンズにトレーナーに眼鏡。どこにでもいる、少しハンサムなおかあさんだ。

なんというか、軽口を叩くのが失礼なような気になって、わたしは少し離れた場所に腰を下ろした。おかあさんが知らない男と親しげに口を利《き》いていたら、周囲は妙に思うだろうし、息子たちだって愉快ではないはずだ。

わたし、結構気を遣うタイプなんです。

丁度開会式が終わって五チームによる団体戦が始まるところだった。恵美さんと寿恵さんの息子は同じチームだ。名前は翔汰君と勇大君。ちゃんと憶《おぼ》えてますぜ。下は小学一年生から、上は中学生までのチームなので、ほぼ身長順に登場するのが面白い。しかも女の子がたくさんいる。礼文は剣道が盛んな町なのですね。

試合が始まると、体育館におかあさんやおとうさんの声援がこだました。熱くなり方が微笑《ほほえ》ましい。

我が子を応援するというのは、どういう気持ちなんでしょうね。きっと自分が出るより緊張するのだろうなあ。

恵美さんが、試合を待つ翔汰君に歩み寄り、うしろから防具の紐《ひも》を直した。ちゃんとしなさいよ、そんな感じで頭を軽く叩く。いいなあ、親の愛情って。勝手なことを書くが、彼女たちは子供がいるから頑張れるのだ。恵美さんも寿恵さんも、昼間は清掃の仕事をしていると言っていた。今朝は五時起きで子供の弁当を作り、それから仕事に出かけ、ここに駆けつけたのだそうだ。昨夜遅くまで働いた上で、だ。

まったく、おれはなんて甘えた人生を送っているのだ。小説家？　出版社の金で旅行？　ふざけるんじゃねえ。わたしが他人なら殴ってやるところだ。

なんだか妙な話になってきました。

団体戦は、翔汰君が一勝一分、勇大君が一勝一敗だった。チームは順位決定戦に進めなかったようだ。わたしも応援してたんですけどね。

「午後の個人戦で勝つからいいの」恵美さんが胸を張って言う。寿恵さんは孫をおんぶして体育館のあちこちを歩いていた。とても楽しそう。バアバと呼ばせているのだろうか、三十九歳で。

「ありゃあ孫だ、孫」「娘が帰ってきてるんだって」そんな声がうしろから聞こえた。この町ではみんなが知っていることらしい。全員が顔見知りの、礼文島なのである。

昼の休憩時間になったので、我々は退散することにした。恵美さんと寿恵さんにお礼と辞去の挨拶をする。「明日も欠航だよ」と笑って言われた。いいけどね。だったらまた店に行くよ。ちなみに今日は日曜なので店はお休み。まことに残念である。ホテルの
再びタクシーを呼んで、昼食を食べられるところへ連れて行ってもらう。

近くの「福助」という食堂に入った。タロウ君がカツ丼《どん》、シンゴ君が焼肉丼を注文。パワーあるなあ。わたしも対抗してカツカレーを食べることに。

これがおいしかった。揚げたてのトンカツに懐《なつ》かしい味のカレーがかかっている。御飯も大盛り。これが町の食堂の良心だ。わしわしと食った。吹雪で店の窓がガタガタと鳴っている。

礼文島パチンコ戦

昼食後、いよいよもってすることがなくなった。天候はますます悪化していて、外を出歩く人は皆無だ。どうするべ？

「ホテルのすぐ横に書店がありましたけど」とタロウ君。そうだね、本でも買って読みますか。食堂を出る。すさまじい猛吹雪で真《ま》っ直《す》ぐ歩けないほど。フードを被《かぶ》っていないと、アラレ混じりの雪が顔に当たって痛いのなんの。たった五十メートル歩くだけに決死の覚悟が必要とされる。

よろけながら書店に到着。中は半分が図書館という不思議な空間だった。もちろん客は誰もいない。若い女の人が一人で店番をしていた。おらの本はないだか？　つい癖で探す。なかったべや。棚は、なぜか角川文庫とハルキ文庫ばかりという一途《いちず》な品《しな》揃《ぞろ》えであった。『旅』に配属される前は営業部だったタロウ君が、愛社精神でセールスを開始する。

「新潮社と奥田英朗さんの本をよろしくお願いします」

女の子が戸惑っていた。いきなりごめんなさいね。でもヨロシク。

本は佐藤正午《しょうご》さんの文庫本『Y』を買った。正午さん、買いましたよ（面識なし）。

書店の次は、ホテルの人に聞いた近くのパチンコ店へ。一般のパチンコ店をイメージしていたので、吹雪の中、探すのに一苦労してしまった。ネオンの看板もなく、階段を昇った奥まった場所にあるのだ。ともあれ、暖かい場所に来られてうれしい。小さな店内には六、七十台ほどのパチンコ台が並んでいて、客の入りは三割程度だった。けたたましい電子音が鳴り響いている。

久し振りだなあ、パチンコなんて。小説の取材でのぞいたのを別にすれば、実際に玉を弾《はじ》くのはほとんど二十年振りだ。従ってシステムがまったくわからず。タロウ君に教えてもらって、まずは三千円分のカードを購入した。適当に台を選んで腰を下ろす。

要するに画面上の数字を三つ並べればいいわけだよね。早速スタート。

あっという間になくなった。くそー。納得がいかん。もう三千円買った。

隣の台では、タロウ君が開始十分ほどで「大当たり」を引き、ザクザクと玉を出していた。

「奥田さん、やりましたよ」得意げに笑っている。

うるせー。こんなもの、どう考えたって運だけの遊戯だろう。

で、次の三千円もたちまちすってしまう。コノヤロー。日頃の行いでも悪いのでしょうか。ええい、もう三千円だ。おらあ金ならあるだ。

そうしたら、やっとのことで「大当たり」が出た。画面では見目麗《うるわ》しい天女がやさしく微笑んでいる。おおーっ。人間辛抱だ。

一番下の蓋《ふた》がカパッと開き、そこに玉が転がり込んでいく。キンキンと台が鳴り続け、玉がザックザクと出てきた。ほっほっほ。運も実力のうち。

しばらくして、二度目の「大当たり」。見る見るうちに玉が増え、三箱が足元に積み上げられた。いやあ、パチンコって楽しい。ここへ来たのは正解だ。ところでシンゴ君はどうしたんだろうね。店内を探したら、壁際《かべぎわ》の台でつまらなさそうにたばこを吹かしていた。おや、どうしたんだい?

「この店、出ないんじゃないですか」シンゴ君が仏頂面《ぶっちょうづら》で言う。

そう？　ぼくとタロウ君は出てるけどね、ほっほっほ。

その後は、増えたり減ったりを繰り返す。「大当たり」が出れば増え、なければひたすら減っていくという構図だ。パチンコも変わったものだ。昔のように、サラリーマンが時間潰《つぶ》しをする遊戯ではなくなった。暇と資金のある者が勝つのだね。

二時間ほどいて、いい加減目が疲れてきた。たばこの煙に巻かれ、気分もよろしくない。二箱に減ったところで切り上げることにした。

寒風吹きすさぶ路地裏の景品交換所で換金する。結局、わたしは数百円勝っただけだった。タロウ君は八千円の勝ち。シンゴ君は一万五千円の負け。三人トータルでは礼文島にお金を落とすこととなった。まあいいか。シンゴ君の金だし。

暴風雪警報の出る中、身を屈《かが》めながらホテルに帰る。ガランとしていて、人気《ひとけ》が一切ない。タロウ君が「すいませーん」と叫んでも誰も出て来なかった。奥まで探しに行って、やっとのことで宿の人を捕まえ、風呂《ふろ》と食事の時間を聞く。今度こそやることなし。夕食を六時半と決めて、各自部屋で過ごすことにした。

テレビでニュースを見ると、この日は日本中が大荒れの天気で、東京では観測史上最も強い風速四十・二メートルを記録したと報じていた。しかも十二月としては観測史上最高の二十四・八度を記録したとか。ひえー、東京は夏か。こっちに分けて欲しい。ちなみに北海道は、札幌で積雪二十四センチ、十勝の広尾町では五十八センチだった。礼文島に雪が積もらなかったのは、もちろん風が強過ぎるせいである。ただ、天気予報によると、明日には低気圧も去っていく見込みだ。ほっとした。なんとか帰れそうだ。

少しうたた寝をして、五時から入浴。誰もいなかったので歌を唄《うた》う。クレイジーケンバンドを二曲ほど唄いました。イイネ、イーネッ。

夕食は我ら三人だけだった。席についてから天ぷらを揚げてくれたので、熱々の衣にかぶりつくことができた。刺身も鴨鍋《かもなべ》もホタテのソテーも美味。観光ホテルとしてはなかなかの料理だ。パチンコで負けたシンゴ君は撮影する気なし。ひたすら食べている。

「二台のカメラのうち、一台が動かなくなったんですよ」

パチンコで負けたシンゴ君がそんな言い訳をした。この寒さだものね、カメラだって壊れるだろう。

部屋に戻って読書。窓の外は闇《やみ》で、風の音以外は聞こえてこない。そういえば、「港町食堂」の夜もこれが最後なのだなあ、と感慨に耽《ふけ》る。最初は高知行きの船の中だっけ。春一番が吹いた夜、大シケの太平洋をフェリーで渡ったのだ。あれから十ヶ月。五島列島、石巻、釜山《プサン》、佐渡、いろいろ行きましたな。他社の仕事でアテネにも行った。沖縄にも行った。旅とは縁遠かったわたしが、こんなに船や飛行機に乗った一年は初めてだ。

旅っていいですね。人生に彩《いろどり》を与えてくれる——。なんてことを言いつつ、誰かに誘われない限り、わたしは書斎でうだうだと過ごすんですけどね。旅を無条件で讃《たた》えたりはしない。旅人は好きだが、観光客は概《おおむ》ね嫌いだ。移動は楽しいが、空《す》いているという条件付だ。ものぐさ作家は、一人で東京にいることに慣れているのである。

本を読み進む。わたしも小説を書かないとなあ。みんなを唸《うな》らせる長編小説を。

瞼《まぶた》が重くなってきた。電気をつけたまま寝てしまった。

ああ港町食堂

朝起きてカーテンを開けると、吹雪はやんでいた。ワオ。なんという劇的な変化。曇り空で小雪が舞っているものの、景色にやさしさがある。白く積もった雪がまぶしいのだ。ウミネコたちもうれしそうに空を舞っている。

テレビでニュースを見ると、北海道は全域で警報が解かれ、交通機関も平常運行に戻ったようだ。やれやれ。本当に帰れそうだ。スナックのおねえさんたちにもう会えないのが、非常に残念なのだが。

食堂で朝御飯を食べる。パチンコで負けたシンゴ君は（しつこい）、カメラが直ったと機嫌がよかった。大きな窓からは、海の向こうに利尻山《りしりさん》、通称「利尻富士」が見えた。

実に美しい眺め。食事をしながらもつい見とれてしまう。昨日船が欠航したのは、これを見ていけということだったんですね。神様が引き止めたのだ。

荷造りをして、ホテルをチェックアウト。少し外気にあたりたくなり、港を歩いた。ひんやりした空気が胸に心地よい。吐く息が、ゴジラが口から噴き出す熱線のように白く拡散していく。それにしても、風がないだけで北国の天気はこれほどまでに変わるものなのか。きっと気温は昨日と同じくらいだ。それなのに身を縮めなくて済む。堂々と背筋を伸ばしていられる。

海も穏やかだった。ウミネコたちを載せながら、ゆらりゆらりと揺れている。実にやさしい光景だ。

こういう日があるから、人は生まれた土地で暮らしているのだろう。つかの間の輝きが、厳しい寒さを帳消しにしてくれるのだ。

タロウ君が雪合戦を挑んできた。てめえ作家に向かっていい度胸だ。当然、応戦した。どちらかというと、若い娘さんと「きゃあー」「いやーん」とか言いながら雪中を戯《たわむ》れたいのだが、いないものは仕方がない。野郎ばかりの旅も、これが最後だ。路面が凍結していたので、滑って遊ぶ。馬鹿《ばか》だねー、四十五にもなって。今回限りの童心です。

午前九時五分発のフェリー、「プリンス宗谷《そうや》」にて礼文島《れぶんとう》に別れを告げた。今度は花が咲き乱れる夏に来ないとね。吹雪ばかりを喧伝《けんでん》しては、島の人に申し訳ない。デッキに立ち、香深《かふか》の港を眺めた。一昨日《おととい》の夜、スナック「モモ」で聞いた『礼文情歌』の一節が蘇《よみがえ》ってきた。

《去年の人は来るだろうか　恋にも遠い礼文島――》

あらためていい歌だと思った。もっともこれは、旅人の感傷だろうけれど。

旅は人を感傷的にする。ともすればそれはエゴとなり、勝手な思い込みを引き起こす。一方的に訪れておいて、そこで暮らす人にふれあいを期待するのは、ありていに言って図々《ずうずう》しい行為なのだ。地元の人には、地元の人の日常があり、旅人の出る幕はない。少なくともわたしは、その温度差に自覚的でありたい。

黙って訪れ、何も残さず静かに去っていく。それが旅する者の礼儀だ。数羽のウミネコが船を追いかけてきた。ミャーミャーミャー。別れを惜しむかのように鳴いている。ありゃりゃ。鼻の奥がツンときてしまった。非才を顧みず、ここで詩作を。

遠ざかる港
朝陽をさいて
船はゆく
スクリューの立てる白波は
ぼくの心のセンチメンタル
またね　なんて言いながら
もう来ないと知っている

あなたの笑顔
星になって
しみてゆく

あの夜聴いた歌は
ぼくの心のメモリアル
またね　なんて言いながら
べつの明日に戻っていく

鳥になれたらいいけどね
もう少しぼくに
勇気があるといいけどね

旅するもの
風にふかれて
消えてゆく
あなたがしあわせでいたら
それでよかった
都会の喧騒の中で
いつまでも　いつまでも

また逢《あ》える日を　夢見てる
ああ港町食堂

最後の一行は余計か。すいません、こういう人間なもので。
お粗末さまでした。「港町食堂」は、これにて終了。

この作品は二〇〇五年十一月新潮社より刊行された。

阿川佐和子ほか著

ああ、恥ずかし

こんなことまでバラしちゃって、いいの!? 女性ばかり70人の著名人が思い切って明かした、あの失敗、この後悔。文庫オリジナル。

綾辻行人著

霧越邸殺人事件

密室と化した豪奢な洋館。謎めいた住人たち。一人、また一人…不可思議な状況で起る連続殺人！　驚愕の結末が絶賛を浴びた超話題作。

伊坂幸太郎著

ラッシュライフ

未来を決めるのは、神の恩寵か、偶然の連鎖か。リンクして並走する4つの人生にバラバラ死体が乱入。巧緻な騙し絵のごとき物語。

伊坂幸太郎著

重力ピエロ

ルールは越えられるか、世界は変えられるか。未知の感動をたたえて、発表時より読書界を圧倒した記念碑的名作、待望の文庫化！

伊坂幸太郎著

フィッシュストーリー

売れないロックバンドの叫びが、時空を超えて奇蹟を呼ぶ。緻密な仕掛け、爽快なエンディング。伊坂マジック冴え渡る中篇4連打。

伊坂幸太郎著

砂漠

未熟さに悩み、過剰さを持て余し、それでも何かを求め、手探りで進もうとする青春時代。二度とない季節の光と闇を描く長編小説。

石田衣良著
4TEEN【フォーティーン】
直木賞受賞
ぼくらはきっと空だって飛べる！　月島の街で成長する14歳の中学生4人組の、爽快でちょっと切ない青春ストーリー。直木賞受賞作。

石田衣良著
6TEEN
あれから2年、『4TEEN』の四人組は高校生になった。初めてのセックス、二股恋愛、同級生の死。16歳は、セカイの切なさを知る。

内田幹樹著
操縦不能
高度も速度も分からない！　万策尽きて墜落を待つばかりのジャンボ機を、地上でシミュレーターを操る、元訓練生・岡本望美が救う。

内田幹樹著
査察機長
成田―NY。ミスひとつで機長資格を剥奪される査察飛行が始まった。あなたの知らない操縦席の真実を描いた、内田幹樹の最高傑作。

逢坂　剛著
相棒に気をつけろ
七つの顔を持つ男と、自称経営コンサルタントの女……。世渡り上手の世間師コンビが大活躍する、ウイットたっぷりの痛快短編集。

大沢在昌著
らんぼう
検挙率トップも被疑者受傷率120％。こんな刑事にはゼッタイ捕まりたくない！　キレやすく凶暴な史上最悪コンビが暴走する10篇。

小野不由美著
屍鬼（一〜五）
「村は死によって包囲されている」。一人、また一人、相次ぐ葬送。殺人か、疫病か、それとも……。超弩級の恐怖が音もなく忍び寄る。

小野不由美著
黒祠の島
私は失踪した女性作家を探すため、禁断の島を訪れた。奇怪な神をあがめる人々。凄惨な殺人事件……。絶賛を浴びた長篇ミステリ。

恩田陸著
ライオンハート
17世紀のロンドン、19世紀のシェルブール、20世紀のパナマ、フロリダ……。時空を越えて邂逅する男と女。異色のラブストーリー。

恩田陸著
夜のピクニック
吉川英治文学新人賞・本屋大賞受賞
小さな賭けを胸に秘め、貴子は高校生活最後のイベント歩行祭にのぞむ。誰にも言えない秘密を清算するために。永遠普遍の青春小説。

荻原浩著
メリーゴーランド
再建ですか、この俺が？　あの超赤字テーマパークを、どうやって?!　平凡な地方公務員の孤軍奮闘を描く「宮仕え小説」の傑作誕生。

梶尾真治著
黄泉がえり
会いたかったあの人が、再び目の前に——。死者の生き返り現象に喜びながらも戸惑う家族。そして行政。「泣けるホラー」、一大巨編。

北方謙三著　陽炎の旗

日本の〈帝〉たらんと野望に燃える三代将軍・義満。その野望を砕き、南北朝の統一という夢を追った男たちの戦いを描く歴史小説巨編。

北方謙三著　風樹の剣
—日向景一郎シリーズⅠ—

「父を斬れ」。祖父の遺言を胸に旅立った青年はやがて獣性を増し、必殺剣法を体得する。剣豪の血塗られた生を描くシリーズ第一弾。

桐野夏生著　ジオラマ

あたりまえのように思えた日常は、一瞬で、あっけなく崩壊する。あなたの心も、変わってゆく。ゆれ動く世界に捧げられた短編集。

桐野夏生著　残虐記
柴田錬三郎賞受賞

自分は二十五年前の少女誘拐監禁事件の被害者だという手記を残し、作家が消えた。折り重なった虚実と強烈な欲望を描き切った傑作。

黒川博行著　疫病神

建設コンサルタントと現役ヤクザが、産廃処理場の巨大な利権をめぐる闇の構図に挑んだ。欲望と暴力の世界を描き切る圧倒的長編！

黒川博行著　左手首

一攫千金か奈落の底か、人生を賭した最後のキツイ一発！　裏社会で燻る面々が立てた完全無欠の犯行計画とは？　浪速ノワール七篇。

小池真理子著　**無伴奏**

愛した人には思いがけない秘密があった――。一途すぎる想いが引き寄せた悲劇を描き、『恋』『欲望』への原点ともなった本格恋愛小説。

小池真理子著　**恋**　直木賞受賞

誰もが落ちる恋には違いない。でもあれは、ほんとうの恋だった――。痛いほどの恋情を綴り小池文学の頂点を極めた直木賞受賞作。

今野　敏著　**リオ**　―警視庁強行犯係・樋口顕―

捜査本部は間違っている！　火曜日の連続殺人を捜査する樋口警部補。彼の直感がそう告げた。刑事たちの真実を描く本格警察小説。

今野　敏著　**隠蔽捜査**　吉川英治文学新人賞受賞

東大卒、警視長、竜崎伸也。ただのキャリアではない。彼は信じる正義のため、警察組織という迷宮に挑む。ミステリ史に輝く長篇。

佐々木　譲著　**ベルリン飛行指令**

開戦前夜の一九四〇年、三国同盟を楯に取り、新戦闘機の機体移送を求めるドイツ。厳重な包囲網の下、飛べ、零戦。ベルリンを目指せ！

佐々木　譲著　**天下城**（上・下）

鍛えあげた軍師の眼と日本一の石積み技術を備えた男・戸波市郎太。浅井、松永、織田、群雄たちは、彼を守護神として迎えた――。

真保裕一著

ホワイトアウト

吉川英治文学新人賞受賞

吹雪が荒れ狂う厳寒期の巨大ダムを、武装グループが占拠した。敢然と立ち向かう孤独なヒーロー！　冒険サスペンス小説の最高峰。

真保裕一著

繋がれた明日

「この男は人殺しです」告発のビラが町に舞った。ひとつの命を奪ってしまった青年に明日はあるのか？　深い感動を呼ぶミステリー。

高村　薫著

リヴィエラを撃て（上・下）

日本推理作家協会賞／日本冒険小説協会大賞受賞

元IRAの青年はなぜ東京で殺されたのか？白髪の東洋人スパイ《リヴィエラ》とは何者か？　日本が生んだ国際諜報小説の最高傑作。

天童荒太著

孤独の歌声

日本推理サスペンス大賞優秀作

さぁ、さぁ、よく見て。ぼくは、次に、どこを刺すと思う？　孤独を抱える男と女のせつない愛と暴力が渦巻く戦慄のサイコホラー。

天童荒太著

幻世《まぼろよ》の祈《いの》り

家族狩り　第一部

高校教師・巣藤浚介、馬見原光毅警部補、児童心理に携わる氷崎游子。三つの生が交錯したとき、哀しき惨劇に続く階段が姿を現わす。

貫井徳郎著

迷宮遡行

妻が、置き手紙を残し失踪した。かすかな手がかりをつなぎ合わせ、迫水は行方を追う。サスペンスに満ちた本格ミステリーの興奮。

乃南アサ著
凍える牙
直木賞受賞
凶悪な獣の牙――。警視庁機動捜査隊員・音道貴子が連続殺人事件に挑む。女性刑事の孤独な闘いが圧倒的共感を集めた超ベストセラー。

乃南アサ著
鎖（上・下）
占い師夫婦殺害の裏に潜む現金奪取の巧妙な罠。その捜査中に音道貴子刑事が突然、犯人らに拉致された！ 傑作『凍える牙』の続編。

帚木蓬生著
閉鎖病棟
山本周五郎賞受賞
精神科病棟で発生した殺人事件。隠されたその動機とは。優しさに溢れた感動の結末――。現役精神科医が描く、病院内部の人間模様。

帚木蓬生著
国銅（上・下）
大仏の造営のために命をかけた男たち。歴史に名は残さず、しかし懸命に生きた人びとを、熱き想いで刻みつけた、天平ロマン。

金城一紀著
対話篇
本当に愛する人ができたら、絶対にその人の手を離してはいけない――。対話を通して見出されてゆく真実の言葉の数々を描く中編集。

花村萬月著
百万遍　青の時代（上・下）
今日、三島が死んだ。俺は、あてどなき漂流を始めた。美しき女たちを渡り歩き、身を凍りつかせる暴力を知る。入魂の自伝的長篇！

嵐山光三郎著

文人悪食

漱石のビスケット、鷗外の握り飯から、太宰の鮭缶、三島のステーキに至るまで、食生活を知れば、文士たちの秘密が見えてくる——。

嵐山光三郎著

芭蕉紀行

これまで振り向かれなかった足跡にもスポットを当てた、空前絶後の全紀行。芭蕉の衆道にも踏み込んだくだりは圧巻。各章絵地図入り。

嵐山光三郎著

悪党芭蕉

侘び寂びのカリスマは、相当のワルだった！犯罪すれすれのところに成立した「俳聖」の真の凄味に迫る、大絶賛の画期的芭蕉論。

嵐山光三郎著

文人暴食

伊藤左千夫の牛乳丼飯、寺山修司の「マキシム」、稲垣足穂の便所の握り飯など、食癖からみる37作家論。ゲッ！と驚く逸話を満載。

佐藤隆介
近藤文夫
茂出木雅章
著

池波正太郎の食卓

あの人は、「食通」とも「グルメ」とも違う。本物の「食道楽」だった。正太郎先生の愛した味を、ゆかりの人々が筆と包丁で完全再現。

佐藤隆介著

池波正太郎の食まんだら

食道楽の作家が愛した味の「今」とは。池波正太郎の書生だった著者が、食にまつわる亡師の思い出とともにゆかりの店や宿を再訪。

糸井重里監修
ほぼ日刊
イトイ新聞編

オトナ語の謎。

なるはや？　ごごいち？　カイシャ社会で密かに増殖していた未確認言語群を大発見！　誰も教えてくれなかった社会人の新常識。

池谷裕二
糸井重里著

海馬
―脳は疲れない―

脳と記憶に関する、目からウロコの集中対談。「物忘れは老化のせいではない」「30歳から頭はよくなる」など、人間賛歌に満ちた一冊。

池澤夏樹著

ハワイイ紀行【完全版】
JTB紀行文学大賞受賞

南国の楽園として知られる島々の素顔を、綿密な取材を通し綴る。ハワイイを本当に知りたい人、必読の書。文庫化に際し2章を追加。

三浦しをん著

格闘する者に○《まる》

漫画編集者になりたい――就職戦線で知る、世間の荒波と仰天の実態。妄想力全開で描く格闘の日々。才気あふれる小説デビュー作。

三浦しをん著

乙女なげやり

日常生活でも妄想世界はいつもハイテンション。どんな悩みも爽快に忘れられる「人生相談」も収録！　脱力の痛快ヘタレエッセイ。

伊集院憲弘著

客室乗務員は見た！

VIPのワガママ、突然のピンタ、機内出産！　客室乗務員って大変なんです。元チーフパーサーが語る、高度1万メートルの裏話。

新潮文庫最新刊

小野不由美著
風の海 迷宮の岸
―十二国記―
神獣の麒麟が王を選ぶ十二国。幼い戴国《たいこく》の麒麟は、正しい王を玉座に据えることができるのか――『魔性の子』の謎が解き明かされる！

窪 美澄著
ふがいない僕は空を見た
山本周五郎賞受賞・R-18文学賞大賞受賞
秘密のセックスに耽る主婦と高校生。暴かれた二人の関係は周囲の人々を揺さぶり――。生きることの痛みを丸ごと包み込む傑作小説。

西村賢太著
どうで死ぬ身の一踊り
「師」藤澤清造復権に賭ける狂気じみた情熱と、同居女性へのDV露見を恐れる小心。現代私小説の旗手の文学的原点を示す問題の書。

小路幸也著
リライブ
命の灯火が消える瞬間、一つだけ過去を変えることができる――〈バク〉が誘う人生は、「最高」か「最悪」か。息を呑む短編集。

山本幸久著
愛は苦手
もう若くはないけれど、まだ枯れてはいない――アラフォーという微妙でやっかいな世代を生きる女性たちの人生を描いた九つの物語。

柴門ふみ著
大人の恋力
いくつになっても恋は恋――。男女を問わず、日々恋愛に振り回される大人たちの苦心惨憺・悪戦苦闘を描く、厄介で愛おしい恋バナ。

新潮文庫最新刊

JASRAC (出) 許諾第0803334－203号

港《みなと》町《まち》食《しよく》堂《どう》

新潮文庫　お－72－1

平成二十年五月一日　発行
平成二十四年九月二十五日　三刷

著者　奥《おく》田《だ》英《ひで》朗《お》

発行者　佐藤隆信

発行所　株式会社新潮社

郵便番号　一六二―八七一一
東京都新宿区矢来町七一
電話　編集部(〇三)三二六六―五四四〇
　　　読者係(〇三)三二六六―五一一一
http://www.shinchosha.co.jp

価格はカバーに表示してあります。

乱丁・落丁本は、ご面倒ですが小社読者係宛ご送付ください。送料小社負担にてお取替えいたします。

印刷・大日本印刷株式会社　製本・株式会社植木製本所

ISBN978-4-10-134471-3 C0195